«PAROLE»

Françoise Bourdin

UN DONO INASPETTATO

Sperling & Kupfer

Traduzione di Elena Riva
Un cadeau inespéré

ISBN 978-88-200-4378-0
86-I-07

Domenica 21 dicembre

FLORENT estrasse la spada di plastica dal fodero, poi, con un gesto che esprimeva tutto il suo orgoglio, si mise la mano sul cuore.

«Se non foste mio padre, lo vedreste all'istante», esclamò sfidando un nemico immaginario.

Aveva visto la pièce diverse volte, e soprattutto aveva assistito a svariate prove, perciò conosceva a memoria tutte le battute, e alcune gli piacevano in modo particolare.

Se non foste mio padre…

Alzò lo sguardo sulla pendola: erano appena le due del pomeriggio. Al teatro di Arles, sua madre non era ancora entrata in scena. Se la immaginò, truccata e pettinata, splendida nel lungo abito di velluto rosso. Perché mai sosteneva che le quinte non fossero il posto adatto a un ragazzino? Lui le adorava!

Avanzò in punta di piedi fino alla porta del soggiorno, dove Fanélie dormiva, sprofondata nella poltrona lisa. In teoria la brava donna avrebbe dovuto badare a lui, ma dopo pranzo veniva sempre sopraffatta dal sonno. E quel giorno aveva esagerato con le ciliegie sotto spirito – il suo debole – con la scusa che a Natale ci si merita pure qualche dolcetto. Favorita dal tepore del camino, la sua siesta sarebbe potuta durare anche tutto il pomeriggio.

Florent si lasciò sfuggire un sospiro e si avvicinò alla finestra dell'anticamera. Decise di non svegliare Fanélie. Gli era appena venuta un'idea. Il genere di idee che avrebbe immancabilmente fatto urlare gli adulti, ne era certo.

Cancellò con la punta delle dita la condensa sul vetro e contemplò il paesaggio gelato dalla brina. «Avremo un Natale bianco!» aveva predetto sua madre, la mattina stessa. Già, ma quello sarebbe stato anche un Natale ben triste e misero per loro, Florent lo sapeva bene.

«Se non foste mio padre...» sillabò, muovendo le labbra senza voce.

E chi altri? Impossibile cambiare padre, e il suo se n'era andato. Uscito di casa con le valigie in mano, e scacciato dal cuore di Florent per via di quelle cose terribili che aveva detto.

Il cielo plumbeo sembrava carico di neve, il che, tutto sommato, avrebbe potuto rivelarsi divertente. Immaginandosi già sulla slitta, il ragazzino si voltò a guardare la collina. Sul fianco erano abbarbicate alcune querce spinose, mentre in cima i cespugli di pero corvino e di efedra erano battuti dai venti. Nessuna di quelle piante avrebbe funzionato come albero di Natale, ma molto più lontano, oltre la cresta successiva, Florent aveva individuato dei pini.

Con un rapido calcolo valutò che gli rimanevano circa tre ore, prima del calar della notte. Fanélie avrebbe dormito così a lungo? Poteva lasciarle un biglietto per dirle che era andato fuori a giocare e, se si sbrigava...

Vagamente a disagio, Florent aveva ancora qualche dubbio. Era tentato dall'avventura, ma era anche consapevole dei rischi, il più grave dei quali sarebbe stato dare un dispiacere a sua madre. Non aveva forse promesso solennemente che avrebbe fatto il bravo? Ma, in fondo, andare a prendere un abete avrebbe significato davvero disobbedire? Dopotutto, nessuno gli aveva proibito esplicitamente di uscire di casa. C'era un unico sentiero in terra battuta che portava alla loro abitazione; la strada era lontana e i vicini anche, perciò nessun pericolo in agguato.

«Sarà il paradiso, qui!» aveva affermato suo padre due anni prima, quando si erano trasferiti in quell'angolo sperduto delle Alpilles. Un ben strano paradiso, quel deserto di sassi e ginepri da cui spuntava una struttura tozza, fatta di ciottoli ornati da pietre da taglio attorno a porte e finestre. Più piccola di un *mas* provenzale aveva un certo stile, con quel tetto di tegole romane, le persiane blu, il pergolato; tuttavia pareva evidente che l'edificio era disabitato e completamente abbandonato a se stesso da tempo.

All'inizio i genitori di Florent si erano improvvisati operai edili, avanti e indietro a trasportare cemento e gesso, tubi e barattoli di vernice, ma le prime liti avevano presto interrotto il cantiere. Florent, che non poteva evitare di sentirli, aveva capito il problema: la casa, comprata per via del prezzo irrisorio, aveva bisogno di una ristrutturazione completa, ma Xavier e

Louise non se la potevano permettere; da ciò derivava quella condanna ai lavori forzati. Invece di riavvicinarli l'ardua impresa li esasperava, impediva loro di dedicarsi al proprio mestiere e, tutt'a un tratto, aveva messo in luce le loro divergenze. A forza di sfuriate e musi lunghi avevano finito per non sopportarsi più, fino all'ultima litigata.

«Se potessi, mi sbarazzerei volentieri del marmocchio!» Florent aveva udito per caso quella frase piena di rabbia e disprezzo, mentre scendeva le scale una mattina, e gli si era impressa nella memoria come un marchio a fuoco. Per essere assolutamente certo della sventura che stava per abbattersi su di lui, alla fine aveva chiesto a Fanélie il significato di quel verbo, «sbarazzarsi», che temeva di aver capito fin troppo bene.

«Be', è quando uno non vuole più una cosa che occupa spazio e ormai non serve a niente!» gli aveva spiegato la donna senza starci su troppo a pensare, del tutto ignara dell'oggetto cui era riferita.

Dunque, per suo padre Florent non era che un oggetto inutile. Aveva pianto nottate intere, soffocando i singhiozzi nel cuscino per non impensierire la mamma. Lei era così tenera, così dolce, così bella! Lo prendeva sempre in braccio, e non faceva che ripetergli cose meravigliose. «Il mio bimbo adorato, il mio tesoro, il mio principe, la luce dei miei occhi, l'amore mio.» Parole che erano come una musica lenitiva per Florent, un balsamo su una ferita aperta. Parole ancora più forti perché il bambino sentiva quanto sua madre fosse infelice e angosciata, anche se faceva di tutto per mostrare a lui un'allegria che era tutta finzione. Ma non appena posava lo sguardo sul figlio, il suo sorriso irradiava di nuovo una sincerità assoluta; su quello non si poteva sbagliare.

Florent prese il giubbotto rosso imbottito e si infilò i guanti di lana e il berretto. A passi felpati raggiunse la soglia del soggiorno, controllò che Fanélie dormisse ancora e che il parafuoco fosse al suo posto. Gli attrezzi di cui aveva bisogno si trovavano nel capanno accanto alla casa, dove li aveva radunati in vista della spedizione.

«È andata...» mormorò richiudendo delicatamente la porta.

Il freddo pungente l'avrebbe costretto a camminare veloce. Tanto meglio: non c'era neppure un minuto da perdere. Una volta fuori, la missione di cui si sentiva investito non aveva più ostacoli, nella sua mente. Che Natale sarebbe stato, senza l'albero? Voleva vedere sua madre battere le mani e ridere felice davanti al suo dono, prima di salire sullo sgabello per attaccare le ghirlande, esattamente come ogni anno. Visto che le feste natalizie erano cominciate male, Florent avrebbe rimediato dimostrando alla mamma che, se non altro, poteva essere utile a qualcosa.

Sola nel camerino, Louise era truccata ma non ancora vestita, perché la costumista le aveva appena riportato l'abito rosso. La sera prima era inciampata in scena sull'orlo disfatto e il suo partner, Stéphane, l'aveva sostenuta in extremis con un braccio continuando a declamare la tirata del terzo atto. Bravo attore, Steph, e anche un buon amico. Negli ultimi tempi, in effetti, si era trovata spesso a piangere sulla sua spalla.

Louise contemplò senza indulgenza il proprio riflesso, nello specchio illuminato violentemente da una fila di lampadine. Trentatré anni – la stessa età di Cristo – e già una rete di piccole rughe che sottolineavano il suo sguardo e il suo sorriso. «Tu ridi troppo!» le diceva Xavier, estasiato, ai tempi in cui era pazzo di lei. Le risate l'avevano sempre salvata nelle situazioni più difficili, fortunatamente.

«Il tuo racconto, Elvira, è del tutto sincero?»

Primo verso del primo atto, Ximena che si rivolge alla governante. Louise lo ripeteva come un mantra, per arginare l'ondata di paura che stava per travolgerla. Non appena avesse indossato l'abito e sistemato il diadema di falsi rubini, sarebbe diventata al tempo stesso la fiera spagnola, figlia di un conte scorbutico, e un'attrice di talento, capace di far salire le lacrime agli occhi di qualsiasi spettatore.

Ma bastava il talento per costruirsi una carriera? Fino ad allora, Louise non se l'era cavata male. Ce la faceva a campare del suo lavoro, anche se la celebrità non era ancora dietro l'angolo. Eppure, fin da quando era entrata all'accademia di Montpellier, calcare le scene davanti al pubblico era stata la sua unica ambizione, il motore che l'aveva sospinta ogni giorno in mezzo alle difficoltà, ai dubbi, alle rivalità. Tre anni dopo ne era uscita con un premio, il massimo dei voti, la stima dei professori e la testa piena di illusioni.

Fra audizioni e magri cachet, le occasioni di recitare e mostrare le proprie capacità erano piuttosto rare per un'esordiente, e tuttavia Louise si era ostinata a non demordere, fino a strappare i primi veri ruoli e, a poco a poco, il mondo del teatro aveva finito per darle il riconoscimento che meritava. Poi, un bel giorno, Louise aveva iniziato a chiedersi se fosse il caso di «salire» a Parigi. Ma, ahimè, era stato proprio in quel momento che Xavier era entrato nella sua vita.

Ex allievo della Scuola di fotografia di Arles, era tornato lì per un'esposizione e una conferenza. Alcuni amici comuni l'avevano presentato a Louise, e lui le aveva subito voluto fare una serie di ritratti, affascinato dai grandi occhi scuri, gli zigomi alti, i lunghi capelli color miele. Otto giorni dopo era perdutamente innamorato.

«Una tazza di tè, cara?» le propose Stéphane, fermandosi davanti alla porta aperta.

I loro sguardi si incrociarono nello specchio; si sorrisero. Il thermos che teneva in mano stonava con il suo abito da Grande di Spagna.

«Come andiamo con le prenotazioni, oggi?» chiese Louise, mentre lui versava il tè in due bicchieri di carta.

«Sala piena per tre quarti. A pochi giorni da Natale va piuttosto bene! Immagino che le famiglie cerchino di tenere occupati i figli.»

Il pubblico della domenica pomeriggio era spesso costituito da adolescenti e anziani. I primi perché il programma scolastico li obbligava a bazzicare un po' il teatro classico, gli altri perché si rifiutavano di uscire la sera.

«Hai progetti per la vigilia?» si informò Stéphane.

«Mercoledì? Niente di speciale, solo mio figlio, Fanélie e io.»

«Ti dispiace se mi aggrego?»

«Sei il benvenuto! Ma non torni a casa?»

«Sinceramente, per farmi Nîmes-Parigi, Parigi-Lille e

tornare il giorno dopo... be', è un po' pochino il tempo, anche con il TGV!»

Stéphane era molto discreto sulla sua vita privata, Louise sapeva solo che la sua famiglia abitava al Nord.

«Porto un regalo a Florent», aggiunse con entusiasmo. «Immagino che non creda più a Babbo Natale...»

«Già, troppo furbo.»

Parlarle del figlio la metteva sempre di buonumore, e d'un tratto si sentì in piena forma.

«Venti minuti al sipario!» annunciò la voce del direttore di scena dagli altoparlanti dei camerini e dei corridoi. «A proposito, ragazzi, comincia a nevicare.»

Con «ragazzi» intendeva l'insieme della troupe, attori o tecnici: tutti quelli che avrebbero partecipato a quella rappresentazione del *Cid* e dato vita insieme alla magia del teatro.

«A più tardi», borbottò Stéphane eclissandosi.

Rimasta sola, Louise andò a chiudere la porta e prese l'abito dall'attaccapanni. Di lì a poco l'adrenalina l'avrebbe resa febbrile, ed ebbe un ultimo pensiero per suo figlio, che in quel momento doveva essere tutto preso da una partita di domino con Fanélie, bene al calduccio davanti al caminetto.

All'inizio era stato facile. La sega e la scure erano fissate saldamente con una grossa corda alla slitta che Florent trascinava. Nelle tasche del giubbotto aveva infilato una piccola torcia elettrica, per ogni evenienza, e due barrette ai cereali per la merenda. Le suole a carrarmato degli stivali imbottiti aderivano bene al sentiero scosceso e gli avevano consentito di arrampicarsi sulla cima del primo colle in appena venti minuti. Da lassù, il paesaggio era magnifico. Nelle giornate limpide si scorgevano i burroni, le gole, le creste e le falesie tutt'intorno, e strizzando gli occhi si riusciva persino a distinguere la casa annidata nella valle, con le persiane blu che nella luce del tramonto sembravano viola.

Florent sollevò la testa per scrutare il cielo. Era carico di neve, ma i primi fiocchi si facevano attendere. Abbassando lo sguardo, individuò la scorciatoia migliore e si rimise in cammino, tirando la slitta con mano ferma.

Suo padre gli aveva decantato spesso la bellezza delle Alpilles, arrivando persino ad affermare che sarebbe rimasto lì fino alla fine dei suoi giorni. E invece se n'era andato appena due anni dopo, apparentemente sollevato di lasciarsi alle spalle moglie, figlio e collina vicino a casa! Eppure aveva ragione: certi giorni la luce era trasparente sugli oliveti argentati, sulle rocce calcaree, e una misteriosa esultanza saliva dalla gariga. Ma non quel pomeriggio. Mentre Florent avanzava e la slitta gli sbatteva contro i polpacci nelle discese, il cielo si oscurava a vista d'occhio. E poiché era ancora troppo presto per l'imbrunire, quella che si avvicinava era proprio la neve del «Bianco Natale».

Un'altra salita, stavolta più erta, lasciò il ragazzino senza fiato. Aveva forse sottovalutato l'impresa? Il ritorno, con l'albero da trascinare, rischiava di creargli non pochi problemi. Forse sarebbe dovuto tornare indietro per un altro sentiero, meno ripido, perdendo così un sacco di tempo. Si fermò per respirare. In linea di massima era nella direzione giusta: entro breve avrebbe dovuto scorgere i pini.

Qualcosa di freddo gli si posò sulla guancia, poi sul collo. Grossi fiocchi lanuginosi planavano delicati attorno a lui e Florent scoppiò a ridere. Era così divertente la neve! E su quel terreno gelato avrebbe fatto presa, facilitando il passaggio della slitta. Ringalluzzito, Florent si calò il berretto sulle orecchie e riprese a camminare. Tutt'intorno a lui il bianco volava, trasportato da un venticello gelido che si stava alzando. Nonostante i guanti di lana il freddo gli intorpidiva le dita, ma non ci fece caso perché, finalmente, aveva intravisto gli alberi individuati qualche giorno prima; il mercoledì della settimana precedente, per essere precisi. La mamma gli aveva annunciato che quell'anno non avrebbe comprato l'albero, semmai solo uno minuscolo da mettere sulla credenza, giusto come segno natalizio; Florent, contrariato e deluso, era andato a farsi un giro nei dintorni con la bici facendola impennare, come un pony selvatico, ogni dieci pedalate. Ed era stato proprio lì, che gli era venuta l'idea.

Sfortunatamente, visti da vicino i pini d'Aleppo dai rami contorti non erano molto adatti allo scopo, neanche a immaginarseli coperti di ghirlande. Ma fu solo quando si avvicinò che Florent si rese conto dell'errore. Aveva fatto tutta quella strada per niente, dunque? D'altronde, se fosse tornato a casa a mani vuote come avrebbe giustificato la propria assenza?

La cresta successiva non era molto distante, e Florent vi si arrampicò per cercare di avere una visuale più completa. Adesso la neve cadeva fittissima, imbiancando tutto il paesaggio. Sulle cime la vegetazione bassa non fermava il vento, e il freddo diventava pungente. La visuale era offuscata dai fiocchi che turbinavano intorno e Florent si fece schermo con la mano, ma non riuscì a scorgere granché. Davanti a lui, il versante opposto sembrava già inghiottito dalle tenebre; eppure, gli parve di intravedere alcuni larici. Quelli sarebbero andati bene, a patto di scovarne uno non più alto di due metri, che per essere abbattuto non richiedesse la forza né l'esperienza di un vero taglialegna. Tenendo sempre saldamente la corda della slitta, Florent infilò la mano libera nella tasca del giubbotto per prendere una barretta di cereali, che scartò con i denti. Moriva di fame, e non osava guardare l'orologio.

Grégoire si rivolgeva ai suoi cani sempre in provenzale, così obbedivano solo a lui. La femmina, più grande, aveva insegnato al maschio i rudimenti del mestiere di guardiano perché l'atavica tradizione della loro razza glielo imponeva, ma entrambi avevano poco a che fare con il bestiame. Al massimo capitava che recuperassero una capra smarrita e la riconducessero fino al gregge.

Grégoire non si era mai occupato di persona dell'allevamento, e lasciava ad altri il compito di gestirlo. Otto anni prima, quando con un colpo di testa – o piuttosto di cieco furore – aveva riscattato *Lou Roucas*, si era assicurato i servigi di due ottimi pastori, con cui manteneva rapporti quasi amichevoli. Sulle sue terre, nella valle, coltivava olivi, fichi e mandorli, mandando avanti suo malgrado la tradizione di famiglia. Eppure, durante il suo lungo soggiorno all'estero aveva studiato ben altre risorse agricole, più semplici o redditizie;

ma la terra di Provenza era troppo secca e capricciosa, troppo calcarea e pietrosa per adattarsi al minimo cambiamento. Quel che vi cresceva era il meglio che la natura avrebbe potuto offrire su un suolo tanto arido. Grégoire aveva presto deciso di assecondare le risorse del luogo, abbandonando senza rimpianti i suoi sogni di sfruttamento intensivo.

«*Boutas!* Forza!» gridò ai cani per incoraggiarli a saltar giù dalla Land Rover.

La neve scendeva ormai da un pezzo, e ancora non era riuscito trovare le due capre che cercava. Il pastore sosteneva che, probabilmente, erano state attaccate da animali selvatici, ma Grégoire non ci credeva. Sulle Alpilles non c'erano né lupi né orsi, lo sapeva. E tuttavia, aveva promesso di aiutarlo: non sarebbe stato certo il brutto tempo a fermarlo.

E poi, perché brutto? Il biancore che ammantava le colline lo rallegrava; al contrario delle grandi gelate, infatti, la neve che accompagnava temperature più miti non era mai dannosa per la vegetazione.

Sollevandosi il bavero della giacca di cuoio Grégoire seguì i cani. Conosceva a memoria tutti i sentieri, a forza di percorrerli avanti e indietro tutto l'anno. La tenuta si estendeva su quarantacinque ettari non delimitati, ma suo nonno gli aveva mostrato così tante volte dove cominciava e dove finiva *Lou Roucas* che avrebbe potuto piantarvi dei paletti di recinzione senza neanche far ricorso al catasto.

Non passava giorno senza che Grégoire, prima o poi, pensasse a suo nonno: testardo come un mulo e diritto come un fuso, buon consigliere nonostante le memorabili sfuriate, e così attento a trasmettere il proprio sapere all'unico nipote. Grégoire ricordava ancora il giorno in cui gli aveva annunciato che si sarebbe sposato con la bella americana e avrebbe lasciato per un po' il Paese. «Fai bene, approfittane, fila via!» Grégoire era quindi partito con Jane, a cuor leggero, alla conquista degli Stati Uniti. Ma laggiù non c'era niente da conquistare: Jane era ricca, e avevano condotto una vita da signori. Poi la nascita di Liz aveva reso Grégoire pazzo d'amore, ed erano seguiti alcuni anni di felicità. Le notizie che riguardavano il nonno, al telefono o per lettera, erano sempre buone. Grégoire gli mandava regolarmente delle foto e gli faceva promettere di prendersi cura di sé. Tuttavia, a un certo punto e senza un motivo preciso, aveva cominciato a sentire la mancanza della Francia, della sua Provenza, e del vecchio signore che lo aveva cresciuto. Il giorno prima era tutto contento di starsene nella grande villa bianca circondata da un prato impeccabile, era lì che scherzava con il padre di Jane – un industriale del settore agroalimentare – e progettava persino un viaggio in un ranch del Montana per impratichirsi dell'allevamento dei buoi. E il giorno dopo ogni cosa si era trasformata in un peso insopportabile; Grégoire si era sentito esasperato e imprigionato in un mondo che non era il suo. Ovviamente, Jane l'aveva presa malissimo. Si era limitata a suggerirgli un giretto in Francia per prendere una boccata d'aria del suo paese, se proprio ci teneva, purché poi se ne tornasse immediatamente a casa. Quel rapido ritorno all'ovile, preteso dall'ereditiera americana, era stato un vero e proprio segno rivelatore. Grégoire non aveva intenzione di lasciarsi comandare a bacchetta, e si rese conto di essersi perso da qualche parte per strada. Il sogno americano si era bruscamente dissolto, e tutt'a un tratto si chiese stupito cosa ci facesse lì. Salutò Jane con un bacio sulla guancia, quasi convinto che non l'avrebbe più rivista. Ma si sbagliava. Appena arrivato a Roissy, mentre stava per prendere una navetta che l'avrebbe portato a Orly-Ouest, e da lì una coincidenza per Nîmes, una chiamata al cellulare gli rivelò l'inimmaginabile. La tragedia lo aveva atteso dietro l'angolo. Annientato, Grégoire raggiunse il bancone di Air France per tornare immediatamente indietro.

Quel periodo era stato il più nero della sua vita: i drammi si erano susseguiti come un'orribile catena che aveva reso la sua esistenza un inferno. L'auto di Jane si era incastrata sotto un camion, senza lasciarle la minima possibilità di salvezza. E senza lasciarla neanche a Liz, prigioniera del seggiolino sul sedile posteriore. Perciò Grégoire le rivide entrambe un'ultima volta dall'imbalsamatore scelto dal suocero. Le cause dell'incidente erano chiare: all'origine del dramma una chiazza d'olio. Tuttavia, i genitori di Jane parevano convinti che, se il genero non fosse partito, la figlia e la nipotina non si sarebbero trovate su quella strada in quel preciso istante. «Jane veniva da noi per il weekend, per non rimanere sola con la piccola», aveva spiegato il suocero, addossando così la colpa dell'accaduto a Grégoire, che aveva sbrigato in fretta ogni incombenza e, dopo le esequie, aveva lasciato l'America per sempre.

Alla fine era riuscito a tornare a casa, a ritrovare la sua Provenza, ma la realtà che lo attendeva non fu piacevole. Contrariamente a quanto raccontava nelle lettere rassicuranti il nonno aveva gravi problemi, di salute e di denaro. Sommerso dai debiti, assillato dagli ufficiali giudiziari, il suo cuore affaticato lo stava abbandonando. A quel punto Grégoire fece l'unica cosa possibile: riscattò *Lou Roucas* dai creditori. Quella buona notizia tardiva consentì a suo nonno di morire in pace.

L'abbaiare festoso dei cani lo strappò all'ossessione di quei ricordi. Si stavano inerpicando sulla collina al galoppo, con le zampe che sollevavano nuvole di neve farinosa. Grégoire li seguì sul pendio, convinto che le due capre non fossero lontane.

Fanélie si svegliò di soprassalto; eppure nessun rumore aveva disturbato il suo sonno. Si sfregò gli occhi, e fissò un istante le braci morenti senza vederle.

«Florent?»

Si stava facendo sera e il soggiorno era immerso nell'ombra. Si alzò per accendere la luce, contrariata all'idea che Florent fosse ancora fuori a quell'ora. Avrebbe preso freddo, gli sarebbe venuto il raffreddore; e poi, li aveva fatti i compiti? Certo, era un ragazzino giudizioso, birichino ma mai cattivo, che non dava problemi. Le piaceva occuparsi di lui: lo trovava assolutamente adorabile, con quegli occhioni di velluto che aveva preso dalla madre, la sua risata fresca, la frangia di capelli biondi.

«Florent?» ripeté più forte, dopo essersi schiarita la voce.

Una bella tazza di cioccolata era quello che ci voleva, per tutti e due. Nel dirigersi in cucina, notò che l'esterno non era illuminato. Oltre i vetri regnava un'inquietante oscurità: Florent non si sarebbe certo divertito lì fuori al buio. E se fosse stato nel capanno, dove ogni tanto gli piaceva andare a rovistare? Fanélie si avvicinò a una finestra e premette l'interruttore che comandava i due faretti della facciata. Le scappò un'esclamazione d'incredulità, non appena vide lo spesso strato di neve che copriva tutto. C'era stata una tempesta, durante il suo pisolino? Ovviamente, Florent doveva essersi precipitato fuori per...

Trattenendo il respiro, Fanélie aprì la porta e controllò nei paraggi, senza scoprire la benché minima traccia di passi. Una violenta stretta al cuore la costrinse ad appoggiarsi un attimo contro lo stipite, poi prese a scendere la scalinata.

«Florent? Florent!»

Il suo grido le parve debole, come assorbito dalla neve che la circondava. Santo cielo: ma *dove* era finito? Voltando ripetutamente la testa da una parte all'altra, Fanélie tentò di radunare le idee. Durante il pranzo, non è che per caso aveva parlato di qualcosa di preciso? No, si era limitato a proporre una partita a Monopoli, un gioco che a lei non piaceva granché. Per tutta risposta, lei gli aveva suggerito di riposarsi un po', «per la digestione, sai», e si era addormentata, come sempre. Ma Florent non ne approfittava mai per fare qualche stupidata. Figuriamoci per scomparire!

«Dove sei, Florent?»

Che volesse solo spaventarla, giocando al fantasma, a Babbo Natale, all'uomo invisibile? Il vento era gelido e, al di là delle due macchie di luce dei faretti, il buio era opprimente. Scossa da un lungo brivido Fanélie rientrò in fretta. Doveva considerarlo... *scomparso*? Lanciò uno sguardo nervoso verso il telefono dell'anticamera. No, troppo presto per far morire di spavento anche qualcun altro, e soprattutto non Louise, nel bel mezzo dello spettacolo! Ma se fosse rimasta lì a girarsi i pollici forse l'avrebbero accusata di leggerezza, d'irresponsabilità... Doveva chiedere aiuto, sì insomma, magari non subito, ma almeno fissare una scadenza prima di avvertire... ma chi?

Il padre di Florent era lontano, partito per uno di quei giri del mondo da cui riportava le foto che poi vendeva alle riviste. Comunque sia, non si interessava più al figlio. Quando si ricordava mandava un po' di soldi a Louise, senza neanche degnarsi di chiedere notizie. Fanélie conosceva bene Xavier: lo considerava un mascalzone, e di certo non avrebbe chiamato proprio lui, quand'anche avesse saputo dove contattarlo! Allora chi? I gendarmi? Oh Santa Vergine, ma cosa avrebbe raccontato ai gendarmi? Che aveva ronfato per ore davanti al caminetto per smaltire le ciliegie sotto spirito? Florent aveva nove anni, quasi dieci, era un ragazzino che le era stato affidato e che lei si era persa!

Il mento cominciò a tremarle e si diede della vecchia scema, poi rivolse una preghiera alla Madonna. Florent sarebbe ricomparso, con le guance rosse per il freddo, mogio mogio per aver fatto così tardi, con una spiegazione logica per la sua età. Fanélie l'avrebbe perdonato, riscaldato, gli avrebbe persino proposto una partita a Monopoli. Poi le cose sarebbero tornate alla normalità e, al ritorno di Louise, la cena sarebbe stata pronta.

Ansiosa di trovare un'occupazione Fanélie aggiunse

due ciocchi nel caminetto e mosse le braci per riattizzare il fuoco. Se Louise avesse telefonato nell'intervallo, cosa le avrebbe detto? Ma no, Louise si era sempre rifiutata di fare la mamma iperprotettiva; fino a quel momento non aveva neanche voluto comprare a Florent un cellulare, che tanto andava di moda tra i ragazzini. Lo avrebbe avuto in regalo per il suo decimo compleanno, il mese seguente.

«Sono proprio fortunata...» borbottò l'anziana signora.

Mentre attraversava l'anticamera gettò meccanicamente un'occhiata alla pendola. Le sei e un quarto. La rappresentazione del *Cid* sarebbe terminata verso le sette. A quel punto, sarebbe stata costretta a chiamare Louise. O la polizia.

Grazie ai cani Grégoire aveva ritrovato le due capre smarrite, le aveva riportate al pastore, poi era tornato in fretta verso l'auto. Al momento non nevicava più, ma stava calando l'oscurità e il vento rinforzava.

Mentre faceva inversione con la 4 x 4 i fari illuminarono la collina davanti a lui, rivelando un'immagine insolita. Fu così rapida da passare quasi inosservata, ma il suo sguardo aveva registrato qualcosa di anormale. Ingranò la retromarcia per effettuare un'inversione, molto lentamente. Sul pendio scosceso, oltre il vallone, si distinguevano nettamente una macchia rossa e una blu. Incuriosito, Grégoire tastò sotto il sedile in cerca del binocolo.

«Cosa caspita sarà?» borbottò.

Attraverso la potente ottica dei suoi Zeiss scorse una

sagoma rannicchiata, troppo piccola per essere quella di un uomo e, appena accanto, qualcosa che ricordava una slitta di plastica.

«Un bambino? Mio Dio!»

Scrutò il resto della collina innevata senza scoprire nient'altro: i fari non facevano abbastanza luce. Comunque, il bambino non si muoveva e sembrava solo, il che non lasciava presagire nulla di buono. Nel giro di un secondo Grégoire individuò la via d'accesso più rapida e lanciò la 4 x 4 sul sentiero. Doveva girare intorno alla collina per risalire sull'altro versante, meno ripido, dove avrebbe potuto prendere una stradina più o meno carrozzabile. Da lassù sarebbe sceso a piedi. Guidava con una mano sola, e intanto con l'altra tastava dietro al sedile; afferrò una coperta e una grossa torcia elettrica, di cui avrebbe avuto bisogno. Le ruote mordevano la neve mentre l'auto beccheggiava sul rilievo accidentato, e tuttavia raggiunse la cima quasi senza rallentare. Si assicurò di avere in tasca il telefonino, abbassò il cappuccio della giacca e, appena si fu fermato, saltò giù dalla macchina. Lasciando il motore acceso per mantenere la luce dei fari, fece scendere i cani prima di lanciarsi alla ricerca.

«*An! An!* Veloci!» gridò per stimolarli.

Se trovavano la pista, sarebbe stato più furbo seguirli che scendere alla cieca. Qualche secondo dopo li sentì abbaiare, sovreccitati, e si lasciò guidare dalla loro voce, sempre attento a non scivolare. Ci impiegò due o tre minuti per arrivare nel punto in cui i cani si agitavano.

«*N'i'a proun!* Basta!» ordinò loro, dividendoli.

Nella luce della torcia scorse quello che gli sembrò un ragazzino, con gli occhi aperti e l'aria stravolta.

«Non avere paura», disse piano. «I cani sono buoni, e anch'io...»

Il bambino batteva i denti ed era scosso da tremiti. Grégoire lo avvolse con la coperta, prima di prenderlo in braccio.

«Adesso ci arrampichiamo fino alla macchina, lassù. Ti devi riscaldare. Aggrappati al mio collo, sarà più facile per me.»

Inerte, il piccolo fagotto non faceva un gesto, teneva le mani bloccate nelle tasche del giubbotto rosso. Un buon indumento, da quanto Grégoire poteva vedere, e che doveva averlo protetto efficacemente. Ma quanto tempo era rimasto immobile in quel gelo cosmico?

Grégoire se lo issò sulla spalla, senza sforzo, come fosse un sacco di farina. Aveva bisogno di una mano libera per aggrapparsi agli arbusti durante la risalita. Prima di affrontare il pendio illuminò i paraggi con la torcia, e scoprì la slitta, poi la scure e la sega ai piedi di un larice che aveva alcuni segni più chiari sul tronco.

«Volevi un albero di Natale, piccolo? Ce ne occuperemo più tardi. Per il momento, dobbiamo arrampicarci.»

I cani erano già ripartiti, ma Grégoire faceva fatica a star loro dietro. Il peso del ragazzino gli faceva perdere l'equilibrio; cercava di rimanere perpendicolare alla collina, risalendola come se avesse gli sci ai piedi. Come potevano dei genitori essere così pazzi da lasciar andare il proprio figlio da solo per le Alpilles nel bel mezzo di una tempesta di neve? E con una scure, poi! La gente era davvero irresponsabile!

Scivolò con un piede e si riprese per un pelo, aggrappandosi a un pino provvidenziale. Non doveva andare di fretta, per quanto volesse portare al più presto il bambino al caldo. Bel lavoro se rotolavano tutti e due giù in fondo al vallone! Ma il silenzio persistente del ragazzino lo preoccupava: forse era in stato di choc, o d'ipotermia, e prima l'avrebbero curato meglio sarebbe stato.

Si fermò un attimo per riprendere fiato e valutare quanto gli rimaneva da arrampicarsi. Sopra la sua testa, i fari della Land Rover illuminavano inutilmente il cielo. Con i muscoli delle cosce doloranti, ricominciò a salire verso la cima.

«Affidati al tuo Re, al tempo, al tuo valore.»

Su quest'ultimo verso calò il sipario. Gli spettatori, entusiasti, applaudirono andando ben oltre la semplice cortesia, mentre gli attori avanzavano verso il proscenio per i saluti. Stanca ma raggiante, Louise strinse fortissimo la mano di Stéphane, inchinandosi graziosamente davanti al pubblico. Poi sul palco scese il buio, la sala si rischiarò e la gente cominciò a uscire.

Appena dietro le quinte, Stéphane tirò un lungo sospiro di sollievo.

«Cavolo: odio Corneille, ho sempre paura di avere un vuoto di memoria!»

«Sei stato magnifico», affermò Louise.

«Grazie, cara, ma credo che tu ci abbia eclissato tutti, come al solito.»

Dopo questo scambio di complimenti, i due attori tornarono ai camerini per cambiarsi. Louise cominciò con lo struccarsi, poi si sciolse lo chignon e spazzolò energicamente i lunghi capelli, prima di annodarseli in una coda. Si tolse l'abito e lo appese con cura, si infilò di nuovo i jeans, gli stivaletti e il maglione con il collo alto, e infine aprì la porta ad alcuni adolescenti che la aspettavano nel corridoio per congratularsi con lei o chiederle un autografo. Sorridente e disponibile, Louise rese omaggio al rituale e rispose alle domande di una ragazza timida, che sognava di diventare un'attrice.

Quando riuscì a lasciare il teatro erano quasi le otto, e una bella coltre di neve avvolgeva Arles. Un po' preoccupata per lo stato delle strade, decise di chiamare Fanélie per avvisarla che sarebbe arrivata in ritardo. Si sistemò nella vecchia Polo parcheggiata un po' più avanti lungo boulevard Clemenceau, mise in moto per scaldare il motore, poi cercò il cellulare in fondo alla borsa.

Grégoire aveva guidato a manetta fino a casa, con il riscaldamento che immetteva aria rovente nell'abitacolo. Il ragazzino, rannicchiato sotto la coperta, non aveva ancora spiaccicato parola e continuava a battere i denti e a tremare.

Una volta a casa Grégoire lo aveva adagiato su un divano, gli aveva tolto i vestiti bagnati, gli stivali e i calzini, poi l'aveva frizionato energicamente con dell'acqua di colonia, prima di avvolgerlo in una vestaglia di lana. Dopodiché gli aveva fatto bere una tazza di tè caldo, lentamente, un sorso alla volta.

«Ti senti meglio, piccolo? Ho bisogno di sapere come ti chiami e dove abiti. I tuoi saranno in ansia...»

Il bambino era ancora pallidissimo, prostrato, e Grégoire cominciava a preoccuparsi. Prese il telefono e chiamò innanzitutto un amico medico, a Salon-de-Provence, poi i gendarmi, da cui venne a sapere che, effettivamente, un'ora prima era stata segnalata la scomparsa di un bambino.

«Intanto che aspettiamo la tua famiglia vado ad accenderti un bel fuocherello», decise.

Per cinque minuti si attivò davanti al focolare, lasciando in pace il ragazzino. Quando fu riuscito a risvegliare delle fiamme belle alte si voltò di nuovo.

«Io mi chiamo Grégoire. E tu?»

Dopo un lungo momento, quando ormai non sperava più di ottenere risposta, si levò una vocina flebile e malferma: «Florent...»

«Fantastico! Allora, Florent, se vuoi qualcosa, basta che me lo dici.»

Lui aveva chiuso gli occhi, e una corona di lacrime gli imperlava le ciglia. Aveva ancora freddo o male da qualche parte? Paura di venire sgridato, forse? Grégoire non aveva certo intenzione di sottoporlo a un interrogatorio: il povero piccino avrebbe avuto già il suo bel daffare di lì a poco, tra genitori e gendarmi.

Tornato in cucina, mise a scaldare altra acqua e ne approfittò per dare da mangiare ai cani. Posò sul pavimento della lavanderia due ciotole colme di crocchette, poi tornò in salotto con una teiera piena. Florent non si era mosso; teneva gli occhi fissi sulle fiamme e i pugni chiusi appoggiati sulle ginocchia. Sembrava non voler affrontare lo sguardo di Grégoire, e tanto meno parlargli.

«Hai sentito, prima, che telefonavo? Sta per arrivare

un dottore, un amico. E anche i tuoi genitori, ovviamente!»

«Mia mamma», ribatté Florent. «Mio padre no.»

Grégoire scosse la testa, perplesso, prima di versargli il tè e di aggiungere tre zollette di zucchero nella sua tazza.

«Bevi ancora, ne hai bisogno.»

Il rumore di un'auto che si fermava davanti a casa fece loro voltare la testa insieme. Dalla porta entrò un omone, accompagnato da una ventata d'aria fredda.

«È il sopravvissuto?» esclamò il nuovo arrivato indicando Florent. «Non mi sembra messo male!»

Con il sorriso sulle labbra si avvicinò e appoggiò la borsa sul bordo opposto del divano.

«Ciao, ometto. Che ne dici se ti do un'occhiata?»

Era giusto una domanda di rito, perché aveva già preso in mano lo stetoscopio. Grégoire si allontanò con discrezione per non turbare ulteriormente il bambino. Ma insomma, quando si sarebbero decisi ad arrivare i genitori? Se avesse avuto la fortuna di avere un ragazzino come quello non l'avrebbe certo lasciato andare in giro tutto solo. A cosa diavolo stavano pensando i suoi in quel momento? Che avevano «smarrito» il figlio? Per quanto lo riguardava, lui aveva trascorso una mezza giornata alla ricerca di due capre, ma per suo figlio avrebbe rivoltato tutta la pianura della Crau pietra per pietra!

Non ti riprenderai mai, pensò con stanchezza. Sapeva benissimo che il piccolo Florent lo riportava ai suoi pensieri più cupi, quelli che lo incatenavano al ricordo della figlia che nessuno aveva potuto proteggere né salvare. Sua figlia morta quando lui era distante migliaia di chilometri, decapitata da un camion senza che nulla nella sua carne lo avvertisse. Da allora, Grégoire faceva spesso lo stesso incubo: si vedeva camminare nell'atrio di un aeroporto deserto, con una suoneria lancinante che lo costringeva a cercare ovunque un telefono, senza però trovarlo da nessuna parte.

«Hai un brutto taglio qua», disse il medico alle sue spalle. «Cerca di aprire un po' di più la mano. Piano piano...»

Un gemito flebile come il grido di un uccellino, e a Grégoire si strinse il cuore. Come se non bastasse, il ragazzino si era ferito! Ecco perché aveva tenuto le mani in tasca e, una volta svestito, i pugni chiusi. Per fortuna Marc era un dottore coi fiocchi: avrebbe fatto quel che c'era da fare. Frenando la propria curiosità, Grégoire si costrinse a rimanere dalla parte opposta della stanza. Quel povero piccino doveva sentirsi parecchio a disagio in una casa sconosciuta, in mezzo a due omoni grandi e grossi che non aveva mai visto in vita sua. Ma insomma, quando si decideva ad arrivare, la madre?

Grégoire si guardò attorno, cercando di immaginare quello che vedeva Florent. Una grande sala dai muri bianchi e il pavimento di cotto provenzale, con alcuni bei mobili un po' austeri nello stile di Arles. E anche il disordine di un uomo solitario, tradito dai giornali piegati male che ingombravano il tavolino, due maglioni abbandonati sullo schienale di una sedia impagliata, una cassetta degli attrezzi aperta.

La casa, ristrutturata a suo gusto dopo la morte del nonno, era quella della sua infanzia, e Grégoire era riuscito a lasciare intatto tutto lo stile del vecchio *mas* provenzale. Era esposta ai colpi violenti del mistral e si affacciava ampiamente sulle colline, con la facciata rivolta a sud. I muri spessi erano costituiti al pianterreno da pietre da costruzione e al primo piano da pietre da taglio; la costruzione era affiancata su un lato da una piccionaia e sull'altro da un ovile, creando una struttura a forma di U. Per approfittare meglio di tutto lo spazio inutilizzato Grégoire aveva deciso di rendere gli edifici comunicanti, e ogni giorno si rallegrava del risultato. Eppure, quando si era lanciato nel progetto Marc gli aveva predetto le grane peggiori, sostenendo che sarebbe crollato tutto, che sarebbe stato impossibile scaldare un ambiente così grande d'inverno, che la casa avrebbe perso la sua anima. «È l'influenza americana, farai una sciocchezza!» Grégoire, testardo, non gli aveva dato ascolto, e aveva aperto un'arcata verso la piccionaia, trasformata in studio-biblioteca, e una porta verso l'ovile, diventato una cucina. Non appena finiti i lavori quelle due stanze erano ovviamente diventate le sue preferite, e anche quelle di Marc.

Come ogni anno, con l'approssimarsi delle feste, era sceso in cantina a prendere il grosso cartone di statuine provenzali e aveva iniziato a preparare lo sfondo del presepe. Quel rituale gli ricordava la sua gioventù e il grande impegno che metteva a quei tempi per fare in modo che ogni figura convergesse verso la stalla, dall'arrotino al garzone di fattoria, dalla lavandaia al sempliciotto che alzava le braccia al cielo. Su una collina di carta marrone, sapientemente lavorata, aveva costruito un ponte, un sentiero, un fiume finto attraversato da butteri della Camargue a cavallo, un pozzo da cui faceva ritorno la portatrice d'acqua, fiocchi di neve fatti con il cotone, minuscoli fili di paglia su cui posare il bue e l'asinello. Fino all'ultimo momento Gesù bambino sarebbe rimasto in disparte, nell'attesa di nascere a mezzanotte, e i tre Re Magi, con i loro cammelli, avrebbero pazientato fino all'Epifania. Perché, dunque, continuava a tener viva quella tradizione? Per chi? Non aveva più una famiglia, solo alcuni amici che sarebbero venuti a cena la vigilia, e nessun bambino che potesse stupirsi davanti a tale meraviglia.

In cucina i cani abbaiarono e Grégoire andò direttamente ad aprire la porta, ancor prima che il brigadiere dei gendarmi avesse avuto il tempo di bussare.

«Buonasera, signor Fabre», disse l'ufficiale, portandosi la mano al chepì.

Poi aggiunse, indicando una donna alle sue spalle: «E lei è la madre di un ragazzino che non...»

La donna non lo lasciò finire la frase, lo spinse da parte per entrare più in fretta in casa e passando urtò la spalla di Grégoire. Sconvolta, si precipitò verso il divano e si inginocchiò davanti al figlio senza degnare di uno sguardo il medico.

«Florent!»

Si sciolse in lacrime, con le braccia spalancate, mentre il piccolo le si gettava addosso.

«Ho avuto così tanta paura, amore mio, tesoro mio! Anche Fanélie era morta di spavento, ma che ti è saltato in mente?»

Florent serrò i denti senza rispondere, forse per non mettersi a piangere come la madre. Nel silenzio che seguì, la giovane donna sollevò la testa verso Marc.

«È stato lei a trovarlo?»

«No, è stato Grégoire. Io sono un suo amico, medico, tra l'altro. Ho esaminato suo figlio. A parte un taglio sul palmo della mano, sta bene. Naturalmente è ancora sotto choc, ma penso che sia stato riscaldato in tempo.»

«Grazie, Signore», mormorò lei.

«Non c'è di che!» si lasciò sfuggire Grégoire, con un sorriso ironico.

Quella donna gli stava incredibilmente antipatica: innanzitutto perché aveva impiegato ore ad accorgersi che il figlio era scomparso, e poi perché non trovava le parole, né per rassicurare il piccolo né per esprimere una qualsiasi gratitudine.

Lei si voltò a metà per guardarlo, continuando a tenere stretto Florent. I suoi grandi occhi scuri lo scrutarono qualche istante, poi accennò un sorriso forzato.

«Non so come dirle...»

E in effetti sembrava non saperlo, perché si fermò lì. Era forse imbarazzata dalla statura di Grégoire, dalla sua barba di due giorni, dai capelli arruffati che trascurava di tagliare? Doveva avere un'aria da selvaggio, d'accordo, ma non gli piaceva essere squadrato in quel modo. Approfittando del silenzio, si rivolse al poliziotto.

«Il piccolo era sulla collina di Sainte-Croix, l'ho individuato con i fari grazie al colore della giacca a vento e della slitta. Sa, due macchie rosse e blu in mezzo a tutta questa neve... Sì, insomma, ho fatto il giro con la mia 4 x 4 per andarlo a prendere. Accanto a lui c'erano una scure e una sega, credo che volesse tagliare un abete.»

Mentre parlava, ebbe l'impressione di tradire il ragazzino, ma era il caso che fornisse alcune spiegazioni alla polizia.

«Quindi era sulle sue terre?»

«Non c'è nulla che distingua Sainte-Croix dalle colline attorno, e io non vieto l'accesso agli escursionisti.»

«Lo so... Comunque sia, per il ragazzino è stata una bella fortuna che lei passasse da quelle parti!»

«Stavo cercando due capre che avevano piantato in asso il mio pastore.»

«Ha trovato anche quelle?»

«Sì. Non si preoccupi, non vagano più sulla pubblica via.»

Divertito, l'ufficiale scosse la testa e richiuse il taccuino su cui non aveva scritto praticamente nulla. Per lui, il caso era archiviato.

«Venga signora, vi riaccompagno a casa», disse alla giovane donna.

Alla fine lei si alzò, con il figlio in braccio.

«Quanto alla mano», intervenne il medico, «rifaccia la fasciatura ogni volta che serve, non si deve infettare. E non esiti a portarlo da un collega al minimo dubbio.»

Grégoire andò a raccogliere i vestiti e gli stivali del bambino e li mise in un sacchetto di plastica.

«Tenga pure la vestaglia e la coperta», propose, «le prenderò quando verrò a riportargli la slitta.»

«Non voglio crearle disturbo», protestò la donna. «Lei ha già fatto molto.»

«Un po' più o un po' meno...»

Ben conscio di essere scostante con la sconosciuta, accarezzò furtivamente i capelli del ragazzino.

«Arrivederci, Florent.»

«Mi chiamo Louise Balleroy», aggiunse la donna. «Abitiamo nella casetta con le persiane blu, in fondo al sentiero della Baume. Ha presente il posto?»

«Perfettamente.»

La donna stava per aggiungere qualcosa, ma lui non gliene lasciò il tempo e la precedette verso la porta.

«Guarda, mamma, il presepe!» esclamò Florent.

Nel passare davanti al tavolo su cui erano stipate le statuine nel paesaggio montano Louise si soffermò, ma giusto un attimo: sembrava avere fretta di andarsene.

Fuori aveva ripreso a nevicare e l'auto della gendarmeria si stava imbiancando.

«Sulla neve farinosa scivolerà di meno!» scherzò il brigadiere.

Grégoire, immobile, li guardò salire in auto, poi rientrò.

«Avresti qualcosa da offrirmi, a parte il tè?» si informò Marc dalla cucina.

«Prendi quello che vuoi. Ho un ottimo Bandol rosso, se ti ispira.»

Si accomodarono ai due capi del pesante tavolo di noce, sulle panche impagliate che risalivano all'epoca del nonno.

«Carina, la mamma!» buttò lì Marc, con un sorriso malizioso. «Ma sei tu che sei stato veramente carino con lei... più o meno come un dito in un occhio!»

«Le avrei dovuto fare i complimenti? Un'imprudente che aspetta che faccia buio per accorgersi che il figlio manca all'appello? Non so quanto tempo quel ragazzino sia rimasto lì, rannicchiato nella neve e al buio, ma di sicuro doveva essere terrorizzato!»

«I bambini fanno cose assurde, lo sai. Non li si può mica sorvegliare come il latte sul fuoco. Te lo ripeto: io trovo sua madre molto carina.»

Grégoire scoppiò a ridere, mentre stappava la bottiglia. Con tutte le sbandate che aveva preso, Marc non era ancora riuscito a vivere il grande amore che, a suo dire, sognava.

«Insomma, Greg, non abita poi così lontano: com'è che neanche la conosci?»

«Li ho visti una volta, lei e il marito, sarà stato un paio di anni fa. Avevano appena comprato la bicocca dalle persiane blu e cominciavano i lavori. Dio solo sa quante cose c'erano da fare! Ma ho sentito dire che lui se n'è andato, e a quanto pare non se n'è fatto più niente... Quando gli ho parlato dei genitori, il ragazzino ha precisato: 'Mia madre, mio padre no!'»

«Allora sono proprio fortunato...»

Tutto contento, Marc brindò sfiorando il bicchiere di Grégoire, che sospirò: «È incredibile quanto tu possa essere donnaiolo. Ti fermi a cena?»

La loro amicizia, che risaliva ai tempi delle elementari, faceva a meno delle formalità, perciò Marc si limitò ad acconsentire. Gli piaceva molto la casa di Grégoire, soprattutto da quando l'aveva resa così accogliente. All'epoca del nonno c'erano solo sedie di legno duro e neanche una tenda alle finestre: l'anziano si interessava solo alle sue terre, alle sue bestie e al limite alla caccia, che praticava da solo. Gli amici di Grégoire tendevano a compatirlo, convinti che vivesse con un orso, quando invece nonno e nipote si intendevano a meraviglia.

«Ho alcune triglie», propose Grégoire. «Che ne dici di una bella padellata con un po' di riso selvatico?»

«Ci penso io. Tu nel frattempo vai a finire il tuo presepe.»

Mentre Marc cominciava a sfilettare i pesci, Grégoire tornò in soggiorno. Spense alcune luci inutili e lasciò accesa solo una lampada alogena vicino alle statuine. Il cieco e suo figlio, il parroco, due donne di Arles e il tamburellista provenzale non avevano ancora trovato posto. Con la mente altrove, ripensò all'espressione meravigliata del bambino, poco prima, quando aveva notato il presepe. Possibile che non ci fosse *niente*, a casa sua, né albero di Natale né decorazioni? Si ripromise di andare a recuperare la slitta, l'indomani. Con tutta quella neve era il momento ideale per usarla.

Prendendo un po' di distacco, considerò lo scenario con occhio critico. Anche quando da giovane se n'era andato a vivere per conto suo a Nîmes, in un monolocale sotto i tetti, a Natale era sempre tornato dal nonno, e ogni anno aveva cercato di superarsi con le statuine, i tredici dolci, il ciocco più grande della riserva da mettere nel caminetto e l'assiduità alla messa di mezzanotte. Ma da quando lui era partito per l'America, che ne era stato del pover'uomo e delle sue vigilie solitarie?

Una ventata d'amarezza sin troppo familiare lo investì. Non riusciva ancora a perdonarsi per aver seguito Jane fin laggiù, soprattutto per poi rendersi conto, un bel giorno, di non amarla più! Se non ci fosse stata Liz, la sua meravigliosa piccola Liz, probabilmente avrebbe divorziato piuttosto in fretta.

«Non si può riscrivere la storia», borbottò fra sé.

Ma si può sapere che cosa l'aveva sedotto, in quell'americana dall'accento pronunciato incontrata per caso all'arena? Quel pomeriggio aveva comprato uno dei biglietti meno cari, su in cima all'anfiteatro, impaziente di scoprire il piccolo prodigio della tauromachia che arrivava dalla Spagna e di cui a Nîmes si faceva un gran parlare. Jane girovagava sulle pietre diseguali dell'ultima gradinata, con la macchina fotografica a tracolla e l'aria estasiata dei turisti. Aveva delle belle gambe, lunghe e abbronzate, gli occhi chiari, un sorriso radioso. Senza troppi complimenti, era andata a bere un bicchiere con lui dopo la corrida e gli aveva spiegato che passava l'estate nel Sud della Francia. Lui si era proposto di farle da guida e l'aveva portata a visitare Les Baux, la Camargue, il mulino di Daudet, les Saintes-Maries-de-la-Mer. Si era reso conto ben presto di piacere moltissimo alla ragazza, e ne era lusingato. Tre giorni dopo, facevano appassionatamente l'amore nel piccolo monolocale sotto ai tetti. A settembre, quando lei gli aveva annunciato che sarebbe tornata a casa, lui le aveva proposto di sposarlo, e continuava tuttora a chiedersi perché. Perché era bionda? Dio, quanto si è stupidi a vent'anni!

Marc attraversò la grande sala e sorprese Grégoire immerso nei suoi pensieri.

«Dovrei avere una pinzetta nella borsa», disse. «Se solo le triglie non avessero le lische! Dov'è che tieni il timo?»

«Nel barattolo di ceramica, sul davanzale interno.»

Fermo dietro di lui, Marc contemplò un attimo le statuine.

«Sono fantastiche. Non so se ne fanno ancora così...»

«Conosco un bravo artigiano ad Arles, ma ti avverto che costano un occhio della testa.»

«E chi le vuole comprare? Tanto passo il Natale qui da te!»

C'era sempre una camera pronta per lui, dove ogni tanto gli piaceva svegliarsi la domenica dopo una serata di bagordi, certo che Grégoire gli avrebbe fatto passare quella sensazione fastidiosa di bocca impastata portandolo a camminare per le colline. Ancora più alto e atletico di lui, Grégoire lo costringeva all'esercizio fino allo sfinimento, e quelle lunghe camminate, con i cani che saltellavano davanti a loro, gli consentivano di dimenticare per un po' il suo rude lavoro di medico di campagna, e anche le sue delusioni d'amore.

«Comunque è inaudito», disse, indicando una statuina, «quel parroco che si affretta per andare ad assistere alla nascita di Gesù bambino quando la Chiesa cattolica non è stata ancora inventata...»

Indifferente alla battuta, Grégoire spinse l'amico verso la cucina.

«Vai a finire quel che hai cominciato, ho fame!»

Mise altra legna nel camino, diede qualche colpetto di mantice, poi raggiunse Marc. Per un po' si diedero da fare in silenzio, mentre Grégoire apparecchiava e Marc condiva le triglie con un filo d'olio d'oliva.

Lunedì 22 dicembre

AVEVA nevicato ancora parte della notte, e la mattina dopo le Alpilles azzurre offrivano un paesaggio da favola, tutto bianco, ovunque.

Il lunedì era giorno di riposo per il teatro, e Louise ne approfittò per portare Florent a Salon-de-Provence, per gli ultimi acquisti.

«Andiamo a mangiare la pasta alla *Fabrique?*» domandò il ragazzino una volta che ebbero parcheggiato in centro.

Tre mesi prima, la madre l'aveva portato a visitare la casa di Nostradamus, poi si erano concessi una sosta in un curioso ristorante che serviva pasta fatta in casa condita con ogni sugo possibile e immaginabile.

«Ok, ma solo se ti comporti bene nei negozi.»

Louise fece forza su se stessa per non prenderlo per mano nell'attraversare la strada. Non trattarlo come un bambino piccolo rimaneva uno dei suoi obiettivi, anche se l'angoscia folle che aveva provato il giorno prima non si era ancora dissipata del tutto. Quella notte aveva passato ore a girarsi e rigirarsi nel letto, incapace di prendere sonno, oppressa dall'idea di quello che sarebbe potuto succedere. Se Grégoire Fabre non fosse passato provvidenzialmente in quel punto preciso, quanto tempo ci avrebbero messo i gendarmi per ritrovare Florent, e poi in che condizioni? Aveva provato a fargli alcune domande, mentre gli rimboccava le coperte, ma lui non ricordava più granché dal momento in cui si era lasciato cadere nella neve, intorpidito dal freddo e terrorizzato dalla ferita nel palmo che non la smetteva di sanguinare. China su di lui mentre si addormentava, Louise aveva soppesato i pro e i contro di quel maledetto abete. Doveva comprarne uno oppure no? Apparentemente, per suo figlio era molto importante, ma cedere avrebbe significato approvare la sua folle spedizione.

Guardarono un po' le vetrine lungo le vie della città vecchia, passarono da place Crousillat per dare un'occhiata alla celebre Fontaine Moussue, tutta ricoperta di neve, poi entrarono in uno dei numerosi negozietti che vendevano i saponi di Salon.

«Prima di pranzo», propose Louise, «vorrei passare dal medico, per fargli vedere la tua mano.»

«Ma non mi fa male!»

«No? E allora perché la tieni in tasca?»

Contrariato, Florent scosse la testa, facendo volare la frangia di capelli biondi.

«Ne ho già visto uno ieri, di dottore... Era gentile. Anche l'altro signore, quello con i cani.»

Certo, Grégoire Fabre doveva essere una sorta di eroe agli occhi di suo figlio. Un gigante che l'aveva salvato con i suoi grossi cani e la sua grossa auto. Quanto a lei, e nonostante tutta la riconoscenza che gli doveva, l'aveva trovato piuttosto altezzoso, se non sgradevole nei suoi confronti. Perché? Sconvolta com'era, non aveva pensato a rimborsargli il consulto dell'amico medico, ma dubitava fortemente che fosse quello il motivo della sua aggressività.

«Guarda chi si vede, la mia Ximena e il suo apprendista taglialegna!» esclamò Stéphane fermandosi davanti a loro.

Era carico di pacchetti e imbacuccato in un giubbotto blu notte, con una sciarpa bianca avvolta con finta nonchalance attorno al collo. Il fisico da attor giovane lo rendeva molto attraente, tuttavia Louise vedeva in lui solo un compagno di palcoscenico e un amico con cui confidarsi. Proprio quella mattina gli aveva raccontato per telefono l'avventura di Florent, trovando infine il coraggio di riderne, visto che Stéphane buttava tutto sullo scherzo.

«Pranziamo insieme?» propose lui.

«Avevamo già scelto *La Fabrique*.»

«Allora sarete miei ospiti!»

La sua gentilezza era irresistibile e lo stesso Florent finì per ingelosirsi della sua presenza. Chiacchierando, raggiunsero la vicinissima rue de l'Horloge e il curioso ristorante ricavato in un ex garage. Dopo aver ordinato, Stéphane si mise a parlare con entusiasmo della prossima commedia in cui avrebbero recitato insieme, lui e Louise. Un testo moderno di un giovane autore assai ispirato, tutta un'altra cosa rispetto a Corneille. Le prove sarebbero iniziate a metà gennaio e lo spettacolo prevedeva diverse repliche ad Arles e poi a Montpellier, ed era già in programma per il prossimo Festival d'Avignone.

«Avere del lavoro in vista è un tale lusso!» concluse Stéphane, brindando con Louise.

Come tutti gli attori, pagavano la felicità di essere in scena con una terribile angoscia del futuro. L'anno precedente Stéphane era rimasto disoccupato per oltre sei mesi, senza uno straccio di contratto all'orizzonte, e aveva finito per accettare di girare una pubblicità insulsa per un rasoio usa e getta. «Te ne stai davanti alla telecamera con una guancia coperta di schiuma da barba e un sorriso da ebete, e all'improvviso ti chiedi perché hai perso tre anni della tua vita all'accademia!»

A volte anche Louise si poneva la stessa domanda, per quanto fino ad allora se la fosse cavata bene. Crescere da sola Florent era una responsabilità spaventosa, soprattutto sapendo che Xavier se ne era totalmente disinteressato. Avrebbe avuto i mezzi per pagare gli studi del figlio, in futuro? Doveva avviare una procedura di divorzio, per costringere Xavier ad aiutarla materialmente? L'idea di consultare un avvocato la scoraggiava ancora di più, giacché quel passo avrebbe significato per davvero la fine della loro coppia, della famiglia che aveva voluto fondare.

«Ti va di raccontarmi la tua avventura di ieri?» suggerì Stéphane, rivolto a Florent.

Subito il ragazzino si accigliò e smise di mangiare il profiterole. Con il cucchiaio a mezz'aria guardò Stéphane, poi sua madre, e abbassò la testa.

«Oh, non fa niente se non hai voglia di parlarne!» si affrettò ad aggiungere Stéphane. «L'importante è che tu sia sano e salvo, qui, con noi...»

Desolato per la propria goffaggine rivolse a Louise una mimica di scusa, prima di chiedere il conto. Nonostante tutta la buona volontà proprio non ci sapeva fare con i bambini, e quella constatazione lasciò Louise pensierosa. Per quanto tempo ancora Florent avrebbe dovuto fare a meno di un padre, di un modello maschile? Non parlava mai di Xavier né chiedeva sue notizie, come se l'avesse cancellato dalla memoria. Ma per forza di cose ci pensava, e probabilmente ne soffriva molto. Lei non sapeva cosa dirgli; non aveva neanche una cartolina da mostrargli, dal momento che Xavier non dava segni di vita. A scuola cosa raccontava ai compagni su quel padre scomparso di punto in bianco? E, nel caso, avrebbe accettato che un altro uomo entrasse nella vita di sua madre e nella sua?

Una ventata di rabbia la costrinse ad alzarsi, impaziente, mentre Stéphane recuperava il resto. Doveva dimenticare Xavier una volta per tutte, scacciare quella piccola speranza insidiosa nascosta in fondo alla sua mente. Cosa aveva fatto da quando lui se n'era andato, a parte aspettare? Certo, senza dubbio lavorare con accanimento per essere la migliore in scena quando finalmente se ne era presentata l'occasione, cercarsi le scritturazioni, occuparsi di Florent, fare il giocoliere con un budget striminzito per pagare le fatture e continuare a rattoppare la casa erano occupazioni che divoravano tutto il suo tempo. Ma se non fosse stata attenta, gli anni sarebbero trascorsi senza cambiamenti.

«Sarà il caso di rientrare, prima che faccia buio», disse a Stéphane. «Visto lo stato delle strade... Comunque, grazie per il pranzo, e ti aspettiamo mercoledì, come d'accordo.»

Si separarono sul marciapiede, e Louise prese teneramente per la spalla il figlio.

«Forza, passiamo cinque minuti allo studio medico; ci tengo, ometto.»

Senza badare alle proteste esagerate del ragazzino, si mise a parlare del menu della vigilia.

Grégoire spense il motore della Land Rover, ma prima di scendere osservò attentamente la modesta casetta dalle persiane blu. Era rimasta a lungo abbandonata e non aveva certo ritrovato un bell'aspetto, comunque il tetto era stato rifatto e le persiane ridipinte. Dal camino saliva un filo di fumo e parcheggiata all'angolo del muro c'era una vecchia Polo un po' ammaccata.

Soddisfatta così la propria curiosità, Grégoire aprì il bagagliaio del fuoristrada per recuperare la slitta e gli attrezzi, poi si diresse verso la porta. Non c'erano né un campanello né un batacchio, perciò si limitò a bussare. Quasi subito gli venne ad aprire una donna anziana, che lo squadrò con ostilità.

«Lei chi è?» gli chiese in tono arcigno.

«È Grégoire!» esclamò Florent, che si stava già precipitando giù dalle scale.

L'anziana signora abbassò lo sguardo sulla slitta blu e scosse la testa, rassegnata, mentre Florent si intrufolava davanti a lei.

«Grazie mille!» disse allegro.

Tanta spontaneità fece sorridere Grégoire, che si chinò verso di lui.

«Ti ho riportato anche la scure e la sega. Mettile a posto con cura, ma attento a non ferirti, stavolta.»

Sotto la frangia bionda, Florent lo scrutava come se si aspettasse qualcosa.

«Entri», gli propose infine. «Vado a prendere la sua vestaglia... Dov'è che l'hai messa, Fanélie?»

«Ci penso io, tu resta qua», replicò lei mentre si allontanava.

Grégoire entrò nell'anticamera e richiuse la porta.

«Come va la mano?»

«Oh, bene, bene!» rispose evasivo il ragazzino, che non lo lasciava con lo sguardo.

«E il tuo abete?»

Florent scosse la testa, con un'espressione desolata.

«Oh, quello... Non era una buona idea, vero?»

«C'è di peggio», affermò Grégoire a mezza voce.

«Ma sono tutti suoi, allora anche se...»

«Infatti. Vuoi che te ne porti uno?»

Probabilmente il ragazzino non aspettava altro, perché gli si illuminò il viso. Quell'albero di Natale doveva essere la sua ossessione, visti gli sforzi che aveva fatto per andarsene a prendere uno: tuttavia, era facile che sua madre non fosse d'accordo.

«Tua mamma è in casa?»

«Si sta facendo un bagno, aveva freddo.»

In quello stesso istante Louise comparve sulla scala, avvolta in un accappatoio di spugna troppo grande e con un asciugamano legato a turbante attorno alla testa. Le era colato un po' di mascara sulle guance. Grégoire si presentava decisamente al momento sbagliato. Certo, però, che idea farsi il bagno alle cinque del pomeriggio! Ma capitava mai a quella donna di occuparsi di altro, a parte se stessa?

«Buonasera, signor Fabre, non si sarebbe dovuto scomodare a venire fin qui...»

«Siamo quasi vicini di casa», le ricordò lui con disinvoltura.

Rinunciando a parlare dell'abete per non incorrere in un rifiuto, Grégoire prese la vestaglia e la coperta che Fanélie gli tendeva.

«Tolgo subito il disturbo!» aggiunse, ironico.

Prima di uscire abbozzò un vago saluto, sorpreso dal dispetto che provava per non aver potuto chiacchierare altri cinque minuti con il ragazzino. Possibile che amasse i bambini fino a quel punto? Un paio di volte, negli ultimi anni, aveva accarezzato l'idea di risposarsi e magari avere ancora dei bambini, ma qualcosa in lui si rifiutava categoricamente di sostituire la sua piccola Liz. Essere di nuovo padre – soprattutto di una bambina – sarebbe stato come attenuare il ricordo della figlia che aveva sepolto laggiù, dall'altro lato dell'Atlantico. E poi, se era per svegliarsi un bel mattino accanto a una sconosciuta... Era proprio questo l'effetto che gli aveva fatto Jane quando aveva acconsentito, a fior di labbra: «Se proprio non puoi farne a meno, vai pure in Francia. Ma ti avverto, vedi di tornare in fretta, non mi piace aspettare». *Qui, seduto, a cuccia*: esattamente il genere di ordini che lui dava ai suoi cani!

Attraverso il parabrezza vide Florent, in piedi davanti alla porta, che lo salutava con la mano fasciata. In risposta, lui lampeggiò due volte con i fari e diede un colpetto di clacson, poi fece inversione di marcia. Nel retrovisore lo vide che lasciava ricadere la mano, piccola sagoma fragile e tenera. Ma, santo cielo, perché mai gli rifiutavano uno stupidissimo albero di Natale? Avrebbero potuto comprarne uno in un supermercato qualsiasi senza rovinarsi! Oltretutto, quella donna non sembrava messa male, nonostante la macchina vecchiotta e la casa raffazzonata; ma, evidentemente, i desideri del figlio non rappresentavano una delle sue priorità.

Grégoire accese il riscaldamento, poi si diresse verso Eyguières. Aveva bisogno di pane, di sigarette, e anche di fare il pieno di benzina. Per non vivere come un recluso, conservava l'abitudine di recarsi quasi ogni giorno in paese. Comprava il giornale, andava a fare quattro chiacchiere con l'amico garagista, a volte si fermava a bere un bicchiere al *Relais du Coche* e il martedì si riforniva di prodotti freschi al mercato provenzale. Ogni tanto si spingeva fino a Salon per la spesa grossa, e tanto che c'era passava allo studio per invitare Marc a pranzo al *Mas du Soleil* o al *Craponne*. A parte questi pochi strappi alla regola, si dedicava con tutta l'anima alle sue terre. Occuparsi degli alberi, migliorare la qualità dei terreni, raccogliere e poi vendere le olive, le mandorle e i fichi lo rendevano felice. Se suo nonno avesse potuto vederlo, da lassù, probabilmente sarebbe stato fiero di lui...

Certo, a patto di dimenticare che era grazie ai soldi di Jane se *Lou Roucas* era potuto rimanere in famiglia. Perché, anche se Grégoire ovviamente non aveva chiesto nulla, si era ritrovato a essere l'erede di Jane. La grande casa bianca con il prato impeccabile gli spettava di diritto, e l'aveva venduta in fretta prima di lasciare l'America, meravigliato della cifra ottenuta. Quella somma gli era servita per pagare i debiti del nonno, riscattando *Lou Roucas*. Con il resto del denaro aveva potuto modernizzare l'azienda, acquistare nuovo bestiame da far pascolare sulle terre non coltivabili e ristrutturare la casa. Aveva investito fino all'ultimo soldo, come se volesse fare tabula rasa del passato per ripartire da zero. Da allora viveva bene, senza navigare nell'oro, e questo perché lavorava sodo.

Fece i suoi acquisti a Eyguières, sul far della sera. L'indomani mattina sarebbe tornato prestissimo, appena apriva il mercato, con la lista che Marc gli aveva dettato per telefono. A sentir lui, per preparare la cena della vigilia servivano una marea di ingredienti. Ma Grégoire si fidava: si sarebbero fatti una bella mangiata. Aveva invitato anche una coppia di amici e i genitori di Marc, oltre ai due pastori che li avrebbero raggiunti dopo il *pastrage*, la tradizionale offerta di un agnello al presepe della chiesa parrocchiale. In Provenza il Natale era una festa sacra, l'unica a non saperlo, a quanto pareva, era quella Louise Balleroy!

Marc annotò sull'agenda gli appuntamenti lasciati sulla segreteria telefonica. Come stabilito, non avrebbe ricevuto pazienti dal 24 a mezzogiorno fino al 26 mattina. Il suo collega e socio avrebbe lavorato a Natale, mentre lui, in cambio, sarebbe stato reperibile a San Silvestro.

Prima di lasciare lo studio si costrinse, come ogni sera, a sistemare le cartelle dei pazienti nei raccoglitori di metallo.

«Florent Balleroy...» borbottò nel rileggere una scheda.

Quando, nel primo pomeriggio, aveva scoperto il ragazzino e la madre nella sala d'attesa, si era sentito bello vispo. Louise, ancora più avvenente del giorno prima, lo aveva gratificato di un incantevole sorriso, prima di precisare che passava di lì solo per «sgravio di coscienza». Marc aveva ricontrollato la ferita, profonda ma pulita, poi aveva rifatto la fasciatura. Il bambino era al passo con le vaccinazioni, bisognava solo tenere d'occhio la cicatrizzazione. Accompagnandoli alla porta avrebbe voluto trovare qualcosa di spiritoso da dire, ma non gli era venuto in mente nulla.

«Quanto sei stupido, vecchio mio», sospirò, richiudendo rumorosamente un cassetto.

Eppure un tempo ci sapeva fare con le donne, ed era raro che perdesse un'occasione. A fermarlo era forse stata la bionda testolina d'angelo del ragazzino, con quei suoi grandi occhi scuri? Gli rimaneva solo da aspettare che il caso rimettesse quella donna sulla sua strada, cosa che forse non sarebbe avvenuta tanto presto! Louise gli aveva spiegato che il loro medico di famiglia esercitava ad Arles, ed era solo per via delle strade impraticabili che era venuta da lui. Magari l'avrebbe incrociata durante una delle sue passeggiate con Grégoire? No, poco probabile: non era il tipo da arrampicarsi sulle colline. Sembrava più una donna di città, con quegli stivali dal tacco alto e il nastro di seta che le legava i capelli.

«Hai perso il treno, ecco tutto!»

Vabbè, non ne avrebbe fatto un dramma, soprattutto visto che lo studio medico non era il suo terreno di caccia. Sedurre le pazienti avrebbe significato rovinarsi, dato che in una cittadina tanto piccola i pettegolezzi correvano più veloci del mistral.

Impugnò la borsa e spense le luci. Gli rimanevano da visitare tre pazienti a domicilio, e si era messo di nuovo a nevicare.

Martedì 23 dicembre

Appostata dietro ai vetri della cucina Fanélie non perdeva di vista Florent. Se l'era già lasciato sfuggire una volta, e non sopportava l'idea che potesse scomparire di nuovo. E poi, quel tizio là fuori non le diceva niente di buono. Certo, era stato lui a ritrovarlo, perciò da un lato gli avrebbe giurato riconoscenza infinita per il resto dei suoi giorni, ma dall'altro ce l'aveva vagamente con lui per aver fatto ciò che a lei non era riuscito.

Grégoire Fabre. Lo conosceva di vista, o piuttosto l'aveva conosciuto da ragazzo. Si ricordava anche di suo nonno, Antonin, e di tutto quello scandalo, all'epoca, attorno alla loro famiglia. La figlia di Antonin era mezza matta – così almeno sostenevano le malelingue –, pensava solo a ballare e ad accorciarsi le minigonne. Quando aveva avuto il figlio, nove mesi dopo un ballo del 14 luglio, probabilmente neanche si ricordava più il nome del padre. Per un po' aveva giocato a fare la mamma, prima di rimettersi a correre a destra e a manca alla ricerca di piaceri effimeri, senza occuparsi più del piccolo Grégoire, di cui Antonin non sapeva che fare. E poi, una domenica mattina, fatalmente l'avevano ritrovata che galleggiava sul canale, a una decina di chilometri da *Lou Roucas*. La sua bici giaceva da qualche parte sull'argine: un vecchio catorcio scassato, senza fanali né catarifrangenti. Di ritorno da una di quelle serate in cui beveva e danzava fino all'alba, probabilmente era caduta da sola nell'acqua gelida. O forse un pirata della strada l'aveva investita e poi era scappato. Nessuno l'avrebbe mai saputo. Antonin Fabre l'aveva seppellita senza poter fare a meno di piangerla, per quanto balorda potesse essere stata. Dopodiché, aveva cresciuto da solo il nipotino.

Fanélie conosceva tutti gli abitanti della zona, compresi i Fabre. Di Grégoire conservava l'immagine di un ragazzone atletico e piuttosto taciturno, che un giorno era partito alla conquista dell'America. Del suo ritorno, della morte di Antonin e della rinascita di *Lou Roucas* aveva sentito parlare, ma senza mai interessarsene davvero. E quando Grégoire, il giorno prima, aveva bussato alla porta, Fanélie non lo aveva riconosciuto.

Sempre al suo posto di sentinella davanti alla finestra, covava Florent con lo sguardo, preoccupata nel vederlo ridere fragorosamente. Era così felice di avere finalmente il suo abete! Ma cosa avrebbe pensato Louise di quel regalo?

Non appena l'aveva scaricato dall'auto Grégoire gli aveva tagliato le funi, e adesso, sistemato davanti a casa, l'albero si stava aprendo. Bello dritto grazie a una croce di legno inchiodata sotto il tronco, dispiegava i suoi rami rigogliosi, di un bel verde dai riflessi argentei. Malgrado le sue riserve, Fanélie aveva gettato uno sguardo al soggiorno e deciso che sarebbe bastato spostare il comò, come gli anni precedenti...

Grégoire stava facendo grandi gesti, che Florent cercava di imitare. Il va e vieni di una scure? Imbarazzata, l'anziana signora esitava a intervenire. Doveva far rientrare il piccolo, ormai? Ma perché rovinargli il piacere? Aveva così poche occasioni di parlare con un uomo, e dopotutto quello era il suo salvatore.

Per darsi un contegno senza interrompere la sorveglianza, prese uno straccio pulito e cominciò a sfregare i vetri.

Louise guidava con prudenza sul nuovo strato di neve farinosa che scintillava al sole. Nel bagagliaio della Polo erano ammucchiati i regali per Florent, tre bottiglie di champagne, un tacchino un po' magro che intendeva farcire, un *foie gras* di fattoria che aveva pagato un occhio della testa e quel ridicolo alberello di plastica di cui si vergognava. Ma il budget era quello che era: faceva fatica a tirare la fine del mese, e poi, dicembre era davvero il periodo peggiore.

In ogni caso, le preoccupazioni finanziarie non avrebbero dovuto rovinare il loro Natale; si sarebbe sforzata di non pensarci e di rimanere allegra. Tanto più che quella mattina, mentre faceva la spesa, la fortuna le aveva sorriso, visto che aveva trovato un paio di magnifiche pantofole imbottite per Fanélie e un bizzarro portachiavi a forma di serpente, il simbolo feticcio di Stéphane. Nel comprarlo, le era tornato in mente il primo Natale con Xavier, quando era incinta di Florent. Un tête-à-tête incredibilmente romantico, occhi negli occhi sopra le candele, parole d'amore a ogni frase. A mezzanotte lui le aveva regalato un braccialetto pieno di ciondoli: quadrifogli, ferri di cavallo e altri portafortuna. Come credeva al loro futuro in quel momento! Il futuro di una famiglia di cui stavano gettando le fondamenta, con davanti il futuro da fotografo di Xavier e il suo, sul palcoscenico... Il braccialetto si era rotto durante la ristrutturazione e i ciondoli si erano dispersi ai quattro angoli della cucina, dove Louise si dava da fare per posare le mattonelle. Ma il cattivo presagio era stato superfluo: la loro coppia era già agonizzante.

Dietro a una curva del sentiero, mentre avanzava pianissimo per non slittare, Louise ebbe la sgradevole sorpresa di ritrovarsi faccia a faccia con la Land Rover di Grégoire Fabre. Frenò, si mise di traverso, e fu lui a evitarla, salendo sulla banchina innevata. Con il cuore in gola, Louise abbassò il finestrino.

«Signor Fabre... Mi ha mancata per un pelo! È tornato a trovarci?»

«Ho portato un abete a Florent», le spiegò lui, con un sorriso glaciale.

Louise lo squadrò, incredula, senza trovare nulla da ribattere. Poi spense il motore, scese dall'auto e si piazzò davanti alla portiera di Grégoire.

«Un abete?» ripeté. «Posso sapere perché?»

«Per farlo felice, santo cielo!»

Il tono sdegnoso che quell'uomo usava con lei finì con l'esasperare Louise. Prendendo un respiro profondo, esclamò: «Con quale diritto? Sono l'unica a giudicare cosa rende felice mio figlio, e lei non è che un estraneo!»

«Se è per questo, abito qui da prima di voi», la canzonò Grégoire. «Ma non cerco la lite, non si arrabbi. Ho pensato che Florent si meritasse il suo abete, dopo tutto quello che gli è capitato l'altra sera sulla collina di Sainte-Croix. È un ragazzino coraggioso e adorabile.»

«Veda di non adorarlo troppo! Per dirla tutta, trovo che il suo interesse sia un po'... equivoco.»

Appena ebbe pronunciato quella parola subito se ne pentì, ma era troppo tardi. All'inizio Grégoire parve smarrito, poi il suo viso si incavò, sotto l'effetto della rabbia.

«Non sono né uno psicopatico né un pedofilo», ringhiò tra i denti. «Lei deve avere la mente davvero contorta per pensare una cosa del genere! Buon Natale, signora Balleroy.»

Mise in moto bruscamente e le ruote sollevarono un enorme schizzo di neve, che ricoprì Louise dalla testa ai piedi. Sconcertata, la donna guardò l'auto allontanarsi. L'incidente che aveva appena provocato era sproporzionato e stupido: si sarebbe ritrovata in guerra con un vicino di casa, e non uno qualsiasi, ma proprio quello che aveva salvato Florent. Era anche vero che l'aveva visto già tre volte in tre giorni, e l'idea che fosse venuto a casa sua quando lei non c'era la irritava. Si è mai abbastanza prudenti, abbastanza protettivi con i bambini? Non era bastato che Fanélie schiacciasse un pisolino perché Florent scomparisse? Neanche a parlarne, di fidarsi di uno sconosciuto. Sì, *sconosciuto*, ecco cosa avrebbe dovuto dire un attimo prima, invece di *estraneo*. D'accordo, Grégoire abitava in zona da tempo – pare anche che ci fossero state generazioni di Fabre, stando a Fanélie – ma cosa significava? Non per questo era un uomo onesto e, comunque sia, non doveva cercare l'amicizia di un bambino di dieci anni. Due giorni prima, a casa sua, invece di stringerle la mano non aveva forse preferito accarezzare i capelli di Florent?

Stringendosi nelle spalle, Louise si scosse la neve dal cappotto e risalì in auto. Cosa avrebbe deciso, a proposito di quel maledetto abete davanti a cui Florent era di sicuro in brodo di giuggiole?

Giunta in fondo al sentiero scorse l'albero, accanto alla porta. Certo che, paragonato all'inguardabile affarino di plastica che aveva comprato lei...

«Mamma! Mamma!»

Correndo come un forsennato, Florent si precipitò verso la Polo.

«Hai visto l'abete? Me l'ha portato Grégoire, apposta per me! È bello, vero? Che dici, possiamo cominciare oggi a decorarlo?»

Louise riuscì a sorridere ma non a rispondere. Come rifiutare quel regalo, come spiegare che non lo voleva, che avrebbe preferito bruciarlo nel caminetto piuttosto che vederlo troneggiare in mezzo al soggiorno? La maniera esasperante con cui suo figlio aveva appena pronunciato «Grégoire» e «apposta per me» non lasciava dubbi: era pazzo di gioia. E lei, cos'altro avrebbe potuto offrirgli? Xavier non aveva spedito né un biglietto d'auguri né un regalo, e ancora una volta aveva dimenticato i suoi doveri di padre.

«Credi che basteranno le ghirlande?»

Nel formulare quella domanda, un'ombra di preoccupazione attraversò gli occhioni scuri del ragazzino. Presagiva forse un rifiuto della madre o si era davvero preoccupato per le decorazioni?

«Ascolta, Florent, io...»

Fu interrotta dal rumore della porta. Fanélie era appena uscita anche lei, ma era rimasta sull'uscio, apparentemente decisa a non sguazzare nella neve.

«Adesso che sei arrivata, Louise, possiamo portarlo dentro!»

Nonostante la distanza che le separava, le due donne si scambiarono uno sguardo penetrante. Per Fanélie far piacere a Florent veniva probabilmente prima di ogni altra considerazione.

«Aiutami a portar dentro la spesa, tesoro», disse la giovane donna con tono esasperato.

Ma aveva già ceduto e lo capì quando abbandonò il suo surrogato d'abete in fondo al bagagliaio.

Grégoire non avrebbe sbollito facilmente la rabbia. Per calmarsi prese a camminare per le colline con i cani, si arrampicò fino al capanno di uno dei pastori, con cui fumò una sigaretta, poi ridiscese per vedere se gli olivi sopportavano il freddo.

Equivoco... Ah, quale orrenda accusa! Equivoco, lui? Con i bambini? Ma andiamo! Quella donna l'aveva detto per cattiveria, per ferirlo, o pensava davvero che adocchiasse il piccolo Florent? L'idea era semplicemente ributtante: gli dava la nausea.

«*Li chin!*» gridò per richiamare i cani, che correvano come pazzi.

Il provenzale, con i suoi accenti cantilenanti, aveva il dono di placarlo. Ogni tanto recitava ad alta voce una delle romanze di Mistral o l'inizio di un racconto di Roumanille per non dimenticare nulla di quella lingua che suo nonno gli aveva insegnato con tanta pazienza.

«*Amas-ié plan*, piano, piano...» ordinò ai due bovari tornati ai suoi piedi senza fiato.

Aveva camminato troppo, troppo in fretta; adesso era stanco, e la rabbia andava sciogliendosi. Aveva preso l'abete al mercato di Salon, un bel Nordmann che non avrebbe perso gli aghi prima di due o tre settimane. Roba da far dimenticare a Florent il larice su cui si era accanito invano, fino a tagliarsi. Quella mattina il ragazzino gli aveva raccontato spontaneamente della propria goffaggine con la scure e del panico che lo aveva invaso quando tutto quel sangue si era messo a colare macchiando la neve. Colto da vertigine, si doveva essere seduto e aveva messo la mano al sicuro, in tasca. Dopo un po' aveva gridato a più riprese, senza ottenere altra risposta che un silenzio opprimente. A quel punto avrebbe voluto rialzarsi, perché scendeva il buio, ma un terribile torpore glielo aveva impedito. Lottando contro il sonno, la sua ultima idea era stata quella di accendere la torcia elettrica. Ma dopo un po' la luce era diventata intermittente, poi sempre più gialla, fino a spegnersi.

Povero piccolo! Mentre descriveva quell'incubo lo riviveva, con gli occhi sgranati, e le parole gli si ingarbugliavano in gola. Probabilmente non aveva raccontato a nessun altro quei dettagli, per non ingrandire di più l'incidente. Grégoire aveva posato la mano sulla sua spalla, promettendo solennemente di insegnargli ad abbattere un albero. Ma al momento, certo, non era nemmeno da mettere in conto!

Mentre tornava a casa Grégoire decise di ignorare tutta quella stupida storia. Louise Balleroy poteva anche comportarsi da megera, ma almeno Florent aveva il suo albero di Natale. Caso archiviato.

Accese il fuoco, si preparò un enorme sandwich con due fette di pane di segale, un vasetto di crema di olive nere e del salame di toro, poi tornò davanti al caminetto per mangiarlo. Bene, il presepe era finito, le corone di vischio erano appese alle porte e le candele infilate nei candelieri alti. Rimaneva solo da perfezionare la disposizione della tavola per l'indomani. Marc aveva annunciato l'arrivo di un altro ospite dell'ultimo momento, sua sorella, che si era appena separata dall'ennesimo compagno e tornava così sul mercato. A quell'idea, Grégoire accennò un sorriso. Marc aveva sempre voluto mettergli la sorella tra le braccia, fin da quando erano adolescenti. Sfortunatamente, per quanto Mireille fosse una splendida donna era anche troppo loquace, troppo vanesia, e soprattutto troppo incostante. Sposata due volte, due volte divorziata, era madre di una ragazza grande già salita a Parigi per gli studi, e aveva uno stuolo di amanti di passaggio a cui trovava sempre qualcosa da rimproverare.

Mandato giù l'ultimo boccone Grégoire tornò in cucina, dove si preparò il caffè. Se avesse tirato fuori la vecchia argenteria incisa con le iniziali di Antonin Fabre gli ci sarebbe voluta almeno un'ora per lucidarla; ma era Natale, l'occasione perfetta per utilizzarla, cosa che finiva per fare, imprecando, tutti gli anni.

Stese sul tavolo un vecchio giornale e si mise al lavoro. Quel genere di compito gli faceva venire in mente ogni volta suo nonno, che in tutto quel che faceva metteva l'applicazione tipica del contadino. Grazie a lui, Grégoire aveva imparato la perseveranza, la pazienza, il gusto del lavoro ben fatto. Quando se n'era andato a vivere in America era rimasto sorpreso dalla mentalità febbrile che regnava laggiù, dove gli pareva che tutti quanti volessero tutto e subito. Come se fosse possibile! E al ritorno in patria aveva ritrovato con piacere il senso e la durata delle cose.

Mentre lo straccio coperto di bianco di Spagna andava avanti e indietro sui manici delle forchette la sua mente ripensava a quei pochi anni di matrimonio, vissuti senza entusiasmo. Solo la nascita di Liz giustificava quel tempo perso, quasi una parentesi. Jane si era rivelata una brava mamma, attenta alla bambina e felicissima del coinvolgimento di Grégoire nel ruolo di padre; tuttavia, era stata irremovibile sulla sua decisione di non avere altri figli. Lottava per ritrovare la silhouette di un tempo, a furia di diete e jogging. Passando da un metodo all'altro, coltivava il corpo, ma di rado lo spirito, con tutte quelle soap opera debilitanti che guardava.

«Non essere ingiusto, l'hai amata...»

O piuttosto, desiderata. Proprio come aveva desiderato cambiare vita approdando nel Nuovo Mondo. Si sentiva divorato dalla curiosità, avido di imparare, pronto a intraprendere. Sfortunatamente, aver sposato una figlia di papà faceva di lui una sorta di principe consorte inutile, e tutti i tentativi per emanciparsi da quella pesante famiglia acquisita si scontravano con le smorfie dubitative di Jane. Non poteva accontentarsi di essere il *genero francese*? Di preparare una salsa provenzale per il barbecue della domenica? Conducevano una vita da sogno. Peccato che quello non fosse il sogno di Grégoire, proprio no. Dopo un po', il suocero aveva finito per intuire il suo malessere e si era deciso a offrirgli un lavoro. Tuttavia, il settore agroalimentare su scala industriale non aveva nulla di esaltante.

«Come ho potuto sopportare tutto questo, e perché?»

Per orgoglio? Per una questione di comodo? Per evitare di ammettere il fallimento? Per non perdere Liz? Quella bimba lo rendeva felice: la guardava crescere con amore, con orgoglio, ma anche con angoscia, perché cominciava a capire che il suo matrimonio non avrebbe retto.

Alla fine, però, aveva perso Liz nel modo più imprevedibile, e quel lutto lo aveva annientato.

«Non pensarci, non ora.»

No, soprattutto non alla vigilia di Natale. Dimenticare i natali americani, con i tutti quei giocattoli all'ultimo grido, troppi, ammassati sotto l'albero, dimenticare gli occhi meravigliati di sua figlia. Ricordarsi solo le veglie di un tempo, lo sguardo inquieto di Antonin Fabre quando Grégoire, da bambino, scartava il suo regalo. La prima carabina a piombini, il primo coltellino svizzero, la prima canna da pesca. I regali oculati di un nonno per il proprio nipotino. Un vecchio tanto dignitoso da non aver mai proferito una sola parola contro la madre di Grégoire. «La tua povera mamma», diceva senza rimprovero e senza disprezzo, con una sorta di compassione dolorosa per colei che non aveva saputo proteggere dal male. Ma anche – vedovo troppo presto – che terribile responsabilità per lui crescere prima una figlia, poi il bimbo che lei si era lasciata alle spalle annegando. A tutte le domande di Grégoire aveva sempre risposto onestamente, senza dissimulare nulla. «La tua povera mamma era un *esperit-fantasti...*» Spirito fantastico, fantasioso o fantasmatico? Secondo le comari, una pazza.

«E che cavolo!» esplose Grégoire.

Se continuava a passare in rassegna tutti i pensieri più neri avrebbe finito con il rovinarsi la gioia del Natale.

«Eppure mi sarebbe piaciuto far vedere il mio presepe al piccolo Florent. Ma anche lui ha una madre un po' tocca, perciò abbiamo qualcosa in comune...»

L'argenteria sfavillava, mentre fuori la luce cominciava ad abbassarsi. Altra neve in vista?

Louise richiuse piano la porta della camera, poi scese le scale in punta di piedi.

«Dorme come un angioletto!» annunciò a Fanélie.

Si misero a rigovernare – una lavava i piatti e l'altra li asciugava – poi si prepararono una tisana. Con la nuova ondata di neve le strade erano tornate impraticabili, il che impediva a Fanélie di tornare a casa.

«Sei sicura che non ti scoccia rimanere?» si preoccupò Louise.

«No, lo sai benissimo.»

Dal momento che dormiva da loro ogni volta che Louise recitava di sera, Fanélie aveva finito per sistemare a suo gusto la stanzetta che fungeva da camera degli ospiti. Per rivestire la vecchia poltrona lacera di cuoio che Xavier si era rifiutato a lungo di buttare aveva confezionato un plaid a quadri gialli e rossi, poi si era cucita delle tende con un tessuto provenzale, con cui aveva ricoperto anche la testiera del letto. L'insieme era allegro, fresco, e Fanélie ci stava così volentieri da non avere più tanta voglia di tornare nella sua casetta all'inizio di Mouriès, un paese vicino. O almeno questo era quello che sosteneva lei, anche se non ingannava nessuno: in verità si era attaccata terribilmente a Florent. Un adorabile monello, dal carattere allegro e dal viso angelico, che l'aveva stesa al primo sguardo.

«Che farei senza di te?» sospirò Louise, porgendole una tazza fumante.

«Te la caveresti. Non sei il tipo che se ne sta con le mani in mano.»

«Forse, ma c'è Florent.»

Fanélie non rispose. Louise avrebbe potuto rimproverarle la fuga del figlio, e invece, magnanima, non le aveva detto niente.

«Sai, ce l'ho a morte con me stessa», borbottò per levarsi quel peso di dosso.

«Non è colpa tua, Florent ormai aveva deciso, è un testone! E tutto questo per un maledettissimo abete!»

Insieme, lanciarono un'occhiata all'albero che troneggiava nella stanza, coperto di palline e ghirlande iridate. Le stesse da anni, quelle che Xavier aveva comprato per il primo Natale di Florent.

«Bello, eh?» esclamò estasiata Fanélie. «So che non ti piace, né lui né il tizio che ce l'ha regalato, ma sbagli. Oltretutto, non bisogna mai inimicarsi i vicini.»

«Non sapevo neanche che esistesse, quel tipo, e tutt'a un tratto mi invade l'esistenza!»

«Invece di brontolare pensa a tuo figlio, tutto solo lassù, che doveva morire di paura, e ringrazia il buon Dio per aver messo Fabre su quel sentiero.»

«Sì, è vero... E non avrei dovuto mostrarmi tanto scostante con lui, lo ammetto.»

Il suo atteggiamento fece sorridere Fanélie, che scosse la testa, indulgente. Fin dall'inizio aveva provato simpatia per Louise, poi ammirazione, infine tenerezza. Ogni giorno si rallegrava di aver accettato l'offerta di Xavier, che aveva incontrato al mercato. Cercava qualcuno che badasse ogni tanto a Florent e, conoscendola di vista, si era fermato per parlarle. In linea di massima avrebbe preferito una ragazza o una giovane donna, meglio se motorizzata; tutto il contrario di Fanélie, insomma, eppure si erano messi d'accordo nel giro di cinque minuti. Trovare una persona di fiducia non era così semplice, e anche una donna anziana poteva fare benissimo al caso. Fanélie arrivava in bici, leggeva storie a Florent, sferruzzava sciarpe, preparava torte squisite. In men che non si dica era diventata indispensabile, soprattutto in mezzo alle liti che laceravano la coppia. La mattina in cui Xavier aveva fatto le valigie Louise l'aveva chiamata, in lacrime, e Fanélie si era precipitata lì. Da quel momento non contava più le ore, faceva parte della famiglia.

«Recitiamo ancora il 26 e il 27, poi ho una settimana di riposo prima delle prove», annunciò Louise. «Potrei approfittarne per ridipingere la cucina. Sono rimasti tre barattoli di vernice gialla nel capanno, dovrebbero bastare.»

«Be', allora vorrà dire che ci faremo tutti i giorni lo

spuntino davanti all'abete, il piccolo ne sarà entusiasta!» replicò Fanélie.

Louise la squadrò, prima di scoppiare a ridere.

«Bene, vado a mettere su ancora un po' d'acqua, me ne farei volentieri un'altra tazza», disse alzandosi.

In cucina accese il bollitore, assorta nell'idea della pittura. Il giallo avrebbe rallegrato la stanza; avrebbe anche potuto tingere di bianco o di blu le modanature e le finestre. Ne aveva discusso a lungo con Xavier due anni prima, ma da quando se n'era andato il cantiere era rimasto in sospeso. Da sola, Louise non procedeva in fretta, e tuttavia non disperava di arrivare un giorno a terminare i lavori. Aveva già ridipinto il bagno, la stanza di Florent e la sua, e avrebbe potuto approfittare dell'inverno per darsi da fare a pianterreno. Peccato che il materiale costasse un occhio della testa e il suo conto fosse in rosso.

Reprimendo un brivido, lanciò un'occhiata al termometro. Segnava appena diciassette gradi, ma doveva risparmiare anche sul riscaldamento.

«Non ha spedito niente?» chiese Fanélie alle sue spalle.

Portava le sue vecchie pantofole di feltro, e Louise non l'aveva sentita arrivare.

«No, niente», rispose con voce dura. «Nessuna lettera, nienti regali. Magari chiama domani, o il giorno di Natale, ma non ci credo. Non so nemmeno se è in Francia o all'altro capo del mondo!»

Fanélie aprì una credenza e prese un vasetto di cotognata, brontolando: «Non me lo sarei mai aspettato da parte sua... Certo che è un gran bastardo, perdonami l'espressione! Deve aver incontrato una sgualdrina, santo cielo!»

Forse Xavier si era davvero innamorato – Louise ne sapeva qualcosa, della rapidità delle sue infatuazioni – ma questo non giustificava il suo silenzio. Anche se, a forza di litigi, si fosse stancato della moglie, come poteva ignorare il figlio? Un bambino con cui aveva vissuto anni, ora il ragazzino più tenero del mondo.

«Il giorno in cui se n'è andato mi ha detto che, potendo, si sarebbe 'sbarazzato volentieri del marmocchio'», le confessò Louise con un filo di voce.

All'epoca non aveva ripetuto a Fanélie quella frase per non screditare Xavier, ma adesso che importava? Sì, aveva osato pronunciare parole simili, più con sdegno che con rabbia, il che le rendeva ancora più orrende. Per fortuna Florent non le aveva sentite, altrimenti avrebbe pianto tutte le lacrime che aveva in corpo, lui che adorava suo padre!

«Che schifo!» sentenziò Fanélie.

Con il vasetto di cotognata in mano e la fronte corrugata, sembrò riflettere, come se cercasse qualcosa nella memoria.

«Sbarazzarsi...» ripeté con aria pensierosa.

«Dai, vieni», sospirò Louise. «In soggiorno si sta meglio, possiamo mettere su un altro ciocco e guardare la tv, se vuoi.»

A che pro rattristarsi la vigilia di Natale? Florent era circondato da amore, era questo che contava, e l'indomani sarebbe stato felice nello scartare i regali sotto quell'abete tanto desiderato. Se avesse domandato del padre, Louise avrebbe inventato una bugia, gli avrebbe detto che si trovava in mezzo alla savana senza possibilità di comunicare. Qualsiasi cosa, purché Florent non si sentisse rifiutato.

Mercoledì 24 dicembre

ALCUNE linee avevano ceduto sotto il peso della neve, lasciando un buon numero di case senza elettricità per diverse ore. La corrente tornò nel tardo pomeriggio, con grande delusione di Florent, mentre Fanélie, assai sollevata, poteva finalmente riaccendere la caldaia.

«Ma non è possibile, piove sempre sul bagnato!» aveva borbottato fin dal mattino, intendendo dire che c'erano già abbastanza problemi senza dover aggiungere all'elenco la mancanza di riscaldamento e luce la sera prima di Natale.

Louise aveva alimentato un bel fuoco nel camino perché la casa non si raffreddasse troppo, mentre Florent, al settimo cielo, trasportava una grossa catasta di ciocchi.

«Qualche volta mi chiedo se non staremmo meglio in un appartamento, angelo mio...»

«Oh, no, mamma! No.»

Florent la guardava con la fronte aggrottata e una tale preoccupazione dipinta in viso che la madre gli rivolse un sorriso rassicurante.

«Preferisci vivere in questa casa sperduta?»
«È casa nostra.»
Non aveva nessuna voglia di abitare in città, di starsene rinchiuso fra quattro muri, di non poter più entrare o uscire a suo piacere. Con la bici d'estate, la slitta d'inverno e le colline come terreno di gioco, non si annoiava mai: questo, almeno, fu quello che affermò con veemenza.
Non convinta fino in fondo, Louise si augurò in cuor suo che Florent non si aggrappasse a quel posto unicamente nella speranza di veder tornare un bel giorno il padre. Che genere di illusioni nutriva, ancora, riguardo a Xavier? Avrebbe dovuto portargliele via?
«Il tacchino è farcito, devo solo infornarlo!» annunciò trionfante Fanélie.
Si tolse il grembiule, scoprendo un abito nero di lana, semplicissimo, rallegrato da un cammeo appuntato al collo.
«Che eleganza», apprezzò Louise.
«È Natale», si limitò a rispondere l'anziana signora. «E visto che abbiamo ospiti, per una volta...»
Esortava sempre, ostinatamente, Louise a uscire, a incontrare gente, a invitare persone. «Sei davvero troppo carina per restare sola, gli uomini non mancano!» Ma Louise non era interessata, si sentiva ancora ferita dal modo in cui Xavier l'aveva lasciata.
Tuttavia, cedendo alle insistenze di Fanélie, appoggiata da Florent, salì a cambiarsi. Se sedurre Stéphane non rientrava nelle sue intenzioni, si rifiutava comunque di lasciarsi andare. Dopo aver scelto una gonna di raso color prugna e un maglione bianco striato di fili d'argento, si fece con calma un sofisticato chignon e il

trucco. Lo specchio le rimandava l'immagine di una giovane donna dai grandi occhi a mandorla evidenziati da lunghe ciglia, con una bocca sensuale, una nuca delicata, un colorito perfetto. Abbastanza bella per piacere, sì, ma non ne aveva più voglia.

«Dai, sforzati!» disse allo specchio.

Il consiglio di Fanélie era improntato al buonsenso: bisognava reagire. Quando scese di nuovo, Stéphane era appena arrivato e sistemava i pacchetti sotto l'abete. Salutò con un fischio di ammirazione la tenuta di Louise, prima di sussurrarle all'orecchio: «Credo che Florent sarà contento, non ho potuto resistere!»

«A cosa?»

«Be', era l'unico della sua classe a non averne uno, povero piccolo... Se domenica scorsa l'avesse avuto in tasca, ti saresti risparmiata un bel po' di preoccupazioni! E poi questo fa anche da macchina fotografica, e in più ha un sacco di giochi.»

Suo malgrado, il sorriso di Louise si irrigidì, anche se era ovvio che la gentilezza di Stéphane non andava messa in discussione. Florent avrebbe quindi avuto il cellulare prima del tempo, il che di sicuro gli avrebbe fatto fare salti di gioia. Ma non rischiava di dedurre che *tutti* i divieti della madre – niente albero questo Natale, niente telefonino prima dei dieci anni – potevano essere trasgrediti senza problemi da chiunque? Con quale diritto Stéphane o Grégoire Fabre intervenivano nell'educazione di suo figlio? Non vedere esauditi immediatamente tutti i propri sogni rientrava nella lezione che Florent avrebbe dovuto imparare, un giorno o l'altro. Solo che la sera prima di Natale era il momento peggiore per farlo, certo.

«Una coppa di champagne?» propose appoggiando la mano sulla spalla di Stéphane.

Non avrebbe rovinato la vigilia per una questione di prerogative materne e, dopotutto, i buoni propositi potevano aspettare il primo gennaio.

Mentre si dirigeva verso la cucina sentì che Stéphane le tratteneva la mano.

«Sei davvero bellissima», le disse con una strana voce. «Lo sai almeno?»

Louise, imbarazzata, evitò il suo sguardo, ma lui aggiunse in tutta fretta: «Non ho intenzione di conquistarti, cara, mi domando soltanto perché sei sola, perché ti seppellisci qui, tra un'adorabile vecchietta e un ragazzino di dieci anni. Non è il modo migliore per rifarti una vita, né per consolidare la tua carriera. Quanti anni hai? Trentatré? Vendi questa casa e vai ad abitare a Montpellier o, più interessante ancora, fila a Parigi. Hai talento, hai il fisico, cosa aspetti? Che tuo figlio cresca e se ne vada? Vuoi morire qui senza avere realizzato niente?»

Quella paternale fu una doccia fredda per Louise.

«Stéphane», disse in un soffio, «c'è qualcosa che non va?»

Per un attimo le parve sul punto di crollare ma si riprese subito, abbozzando un sorriso sconsolato.

«Scusa. Dovevo dirtelo perché lo penso da troppo tempo. Lo sai anche tu come vanno le cose nel nostro mestiere: prima o poi ci perderemo di vista, allora tanto vale essere sinceri, anche se lì per lì fa un po' male. Ti voglio bene... molto, Louise.»

«Tutti le vogliono bene, se lo merita!» esclamò a gran voce Fanélie, che arrivava con un vassoio pieno di tartine alla crema d'acciughe e di olive farcite ai peperoni.

Stéphane andò a prendere lo champagne, mentre Louise si avvicinò alle scale per chiamare Florent. Fu sorpresa nel trovarlo seduto sui gradini, con il mento tra le mani.

«Be', amore, non vieni con noi?»

«Sì, sì...»

Aveva forse sentito qualcosa della loro conversazione? Era rimasto là per non interromperli? Ancora una volta, si domandò se suo figlio si sentisse contrariato per la presenza di un uomo, o piuttosto sollevato. Doveva assolutamente riuscire a parlarne con lui, a sapere se sopportava l'assenza e il silenzio di suo padre.

«Poi me lo fai assaggiare, lo champagne?»

«Un sorso dal mio bicchiere. Dopo, avrai il diritto di bere tutta la Coca che vuoi, è serata di festa!»

Saltando in piedi, Florent scese di corsa gli ultimi gradini. La somiglianza con Xavier diventava ogni mese più impressionante. Stessa aria angelica, stessi capelli biondo chiaro, stesso nasino dritto. Lui, però, aveva gli occhioni bruni della madre, non lo sguardo azzurro del padre. Qualsiasi uomo sarebbe stato incredibilmente orgoglioso di lui, non solo perché era carino, ma soprattutto perché era un ragazzino sveglio, riflessivo, affettuoso. Louise notò che aveva messo una polo bianca sotto il maglione e un paio di pantaloni puliti di velluto.

«Sei bellissimo, così, mi fai onore.»

Con uno slancio spontaneo Florent le si gettò addosso e l'abbracciò, facendola sciogliere di tenerezza.

* * *

In quanto uomo più anziano della compagnia, spettò al padre di Marc il *cachofio*, l'accensione del ceppo di Natale che troneggiava nel caminetto.

«Questo dovrebbe durare fino a domattina!» esclamò ridendo. «Dove hai scovato un ciocco simile, Grégoire?»

«Lo tenevo da parte dalla tempesta del 1999, ma prima doveva asciugarsi. Ne ho altri due dello stesso tipo: quell'anno ci sono stati parecchi olivi sradicati. Immagino che se lo ricordino tutti.»

Vincent grattò un fiammifero, ma Grégoire si precipitò verso di lui per spegnerlo.

«Ah, no, prima le parole di rito!»

«Non le so dire in dialetto.»

«Non è dialetto, è provenzale.»

«Quale dei quattro?» lo canzonò Vincent. «Il rodaniano, il marittimo, quello di Nizza o il *gavot*?»

«Il rodaniano, quello di Mistral. Il felibrismo.»

Ne discutevano sempre, da tempo. Quando Marc aveva scelto Grégoire come migliore amico, Vincent aveva fatto un po' fatica ad accettarlo. Lui stesso medico, e intenzionato a destinare il figlio alla medicina, non vedeva molto di buon occhio la famiglia Fabre, dato che considerava il nonno un contadino testardo e la madre una pazza. Ma nel corso degli anni aveva imparato ad apprezzare Grégoire, e poi a stimarlo.

«Sei sempre così inflessibile sulle tradizioni», sospirò Vincent. «D'accordo, traduci tu: 'L'anno prossimo, se non siamo di più, che non siamo di meno'.»

«*Que l'an qué vènse sian pas mai, que siaguen pas mens.*»

Grégoire versò una goccia di vino sul ceppo e restituì la scatola di fiammiferi a Vincent.
«Siete irresistibili!» esclamò Marc.
«Sì, il loro numero è ben collaudato», rincarò Mireille, «ce lo fanno tutte le vigilie.»
Indossava un abito talmente scollato che, vedendola, Grégoire era andato ad alzare il riscaldamento.
«Hai messo tre tovaglie?» gli domandò indicando la tavola.
«Certo. E tre candelieri, e tre piattini con il germe di grano, come vedi. In compenso, non ci saranno sette portate, perché tuo fratello è stato troppo pigro in cucina, ma ho pensato ai tredici dolci, quindi tenetevi un po' d'appetito per la fine!»
«Pigro io?» insorse Marc. «Vuoi scherzare? Tu ti sei limitato a spingere la porta di una pasticceria o di una confetteria mentre io mi sfiancavo dietro ai fornelli!»
«Sfiancarti mi pare eccessivo, hai solo fatto la fatica di immergere gli astici nell'acqua bollente.»
«E il cappone?»
«Cuoce da solo, no?»
Mimando un gesto di rabbia, Marc afferrò Grégoire per la cravatta.
«Per una volta che ne metto una... Guarda, l'hai spiegazzata tutta, mi tocca toglierla.»
«Oh, no», sussurrò Mireille, «stai troppo bene così.»
«Avete intenzione di andare alla messa di mezzanotte?» intervenne la madre di Marc.
«Sì, perché tua figlia si becchi una polmonite?» borbottò Vincent. «Hai visto come è vestita? I tuoi pastori ci vanno, Grégoire?»
«Sì, certo. Li aspettiamo per metterci a tavola.»

«Be', così almeno abbiamo il tempo di bere!»

«Faccio la ragazza di casa», decise Mireille, prendendo la bottiglia di champagne dal secchiello.

Servì tutti gli invitati, tra cui Brigitte e Olivier, due vecchi amici di Grégoire che facevano i viticultori dalle parti di Tarascon.

«Dai, facciamo un brindisi alla memoria di tuo nonno», propose Vincent. «È da lui che hai preso questo senso così puntiglioso delle usanze, o mi sbaglio? Davvero un brav'uomo, Antonin, molto coraggioso, un vero contadino provenzale come non ce ne sono più.»

«Vediamo di non riscrivere la storia», replicò Grégoire. «Se non ricordo male, non le piaceva affatto!»

Un silenzio imbarazzato cadde sui presenti, finché Marc non esclamò: «Vieni con me, Greg, ho bisogno d'aiuto in cucina».

Lo trascinò fuori del soggiorno, sotto lo sguardo desolato di Mireille.

«Perché bisticciare con papà? Lo conosci, deve sempre abbellire le cose...»

«Lo so. Ma il modo in cui dice 'contadino' mi fa uscire dai gangheri. Considerava mio nonno un minorato mentale, quindi il riconoscimento postumo se lo può tenere!»

«Sei ingiusto. Aveva finito per rispettarlo, grazie a te.»

«Non fino al punto di aiutarlo, comunque. Quando ero in America nessuno si è preoccupato di lui.»

«Non è vero!» s'indignò Marc alzando il tono. «Gli telefonavo, ogni tanto passavo a trovarlo, e sosteneva sempre di stare benissimo. Credi veramente che avrebbe confidato i suoi problemi, a me o a mio padre? Si sarebbe impiccato, piuttosto di confessare che aveva debiti. E non dirmi che l'avrei potuto intuire, perché a vent'anni ero esattamente come te: egoista e cieco!»

Grégoire, smarrito, alzò la mano in segno di pace. «E va bene...»

Perché rimproverava a Marc quello che per così tanto tempo aveva rimproverato a se stesso? Da adolescente, si era presto reso conto delle riserve dei genitori di Marc verso Antonin e lui stesso. Aveva forse sofferto del loro disprezzo più di quanto credesse? Non era un motivo sufficiente per prenderli come capri espiatori, visto che era stato proprio lui, e nessun altro, ad abbandonare il nonno al suo destino. Nel partire alla conquista dell'America aveva forse pensato di dar nuovo lustro al nome dei Fabre? Cosa aveva voluto dimostrare sposando Jane? Che non era un semplice contadino? Sfida assai stupida, dato che, alla fin fine, solo la terra lo rendeva felice.

«Allora, questi dolci: ne hai davvero tredici?» chiese Marc con voce beffarda.

«*Navettes*, *fougasse*, torrone di Sault», enumerò Grégoire contando sulle dita, «*papalines*, frutti canditi di Apt, fichi secchi, noci, nocciole, uva, mandorle, *pompes de Noël*, *calissons* e gelatina di frutta!»

«Uau... Vediamo se il mio cappone ti tiene testa; aiutami a tirarlo fuori, che controllo la cottura.»

Una volta tolto l'enorme piatto di ghisa dal forno, Marc esaminò con occhio critico il volatile dorato, poi gli punzecchiò la pelle con la punta di un coltello.

«Ancora un'oretta, a patto di abbassare il termostato.»

Rimise il cappone in forno, poi si voltò verso Grégoire, che prendeva una bottiglia di champagne dal frigorifero.

«Come ti sembra Mireille, stasera?»

«In gran forma e scollatissima!»

«Credo che abbia un debole per te.»

«Be', sono lusingato. Solo che... Oh, Marc, lo sai che adoro tua sorella, ma non è il mio tipo di donna.»

«E qual è il tuo tipo?»

Incapace di rispondere alla domanda, Grégoire fece un gesto evasivo. C'erano pochissime cose in comune tra Jane e le altre ragazze di cui poteva essersi innamorato. Bionde o brune, non aveva preferenze, ma Mireille lo lasciava proprio indifferente.

«Non cercare di accasarmi, la solitudine mi va benissimo», affermò ridendo.

«Sei proprio fortunato», sospirò Marc. «Io non posso dire altrettanto.»

La sua sincerità commosse Grégoire. Volere una moglie e dei figli era un desiderio legittimo che Marc non riusciva a realizzare, per mancanza di incontri. Troppo preso dai suoi malati, troppo donnaiolo nei modi e troppo idealista in fondo all'animo.

«Sta per arrivare un anno nuovo, sono sicuro che sarà quello del tuo matrimonio!» gli annunciò.

«Se solo...»

«Forza, dai, io torno a stuzzicare tuo padre.»

«Grégoire?»

Era sul punto di uscire ma si voltò verso Marc, che lo guardava con aria grave.

«Non ti ha mai disprezzato. Forse quando eravamo alle medie! Ma neanche. Fin dal liceo mi diceva di prendere esempio da te, perché tu ottenevi buoni voti.

Ci sei mancato molto, mentre eri in America, non la smetteva di chiedermi che fine avevi fatto, laggiù. Se avessimo saputo, per Antonin, avremmo fatto tutto il necessario, credimi.»

«Ti credo, Marc. Non hai nessuna colpa.»

«Neanche tu. Né del fallimento di tuo nonno né della morte di tua moglie e tua figlia. Non eri nel posto giusto al momento giusto, tutto qui.»

Si scambiarono un lungo sguardo, misurandosi l'un l'altro, poi Grégoire scosse lentamente la testa.

«Ma che combinate voi due?» esclamò Mireille, sulla porta. «Cos'è, mangiate senza di noi?»

«Non la vigilia di Natale, bellezza!»

Quest'ultima parola la fece sorridere di piacere e, per darsi un contegno, si impossessò della bottiglia che Grégoire aveva in mano.

«Non ho ancora brindato con te», gli disse con voce ammaliante.

Invece di ricambiare il sorriso, Grégoire scelse di darle una pacca amichevole sulla spalla, un gesto senza possibilità di equivoco.

«Non sono un tuo compagno d'armi», protestò lei, offesa.

«Sei come la mia sorellina, è uguale.»

Sollevato per aver messo le cose in chiaro, Grégoire la spinse fuori dalla cucina.

«Prima di andare a ubriacarti», fece Marc, «spiega ai tuoi cani che questo bel profumino di cappone non li riguarda.»

Infatti i due bovari se ne stavano seduti composti davanti alla porta del forno, come se guardassero la televisione.

«Credono di essere nel paese di Cuccagna, parola mia!»

Risero insieme, a un tratto felici all'idea della serata che li aspettava. Esclamazioni allegre giungevano dal soggiorno. Cominciavano ad avere fame, e i pastori presto li avrebbero raggiunti per quella lunga vigilia di Natale, con un sacco di vecchie storie di transumanze da raccontare. Grégoire andò a prendere due enormi ossi di manzo che gli aveva regalato il macellaio e li diede ai cani, intimando loro di tornarsene nella lavanderia, alle loro coperte. Per il momento voleva gustarsi solo il piacere di essere circondato dai suoi amici, al calduccio nel *mas* di *Lou Roucas* che tanto amava. Forse avrebbe dovuto assistere anche lui alla messa, ma era più o meno arrabbiato con la religione da quando era morta sua figlia. Perdere un bambino rappresentava ai suoi occhi la peggiore ingiustizia, il più insopportabile castigo. E per cosa, era stato punito? Che male aveva fatto, a parte aver peccato di vanità e ignoranza nel credere di trovare la felicità lontano da lì?

Non amavi davvero Jane, non sei capace d'amare.

Ma aveva adorato Liz. Certo che sapeva amare! Udì la porta d'ingresso, poi la voce acuta di Mireille che salutava l'arrivo dei pastori, finalmente di ritorno dal *pastrage*. Natale era una festa, la più bella dell'anno: bisognava approfittarne.

Venerdì 26 dicembre

LOUISE girò ancora una volta la chiave, con rabbia, senza ottenere il benché minimo singhiozzo dal motore. No, ah no, la sua vecchia Polo non poteva lasciarla a piedi proprio adesso, non quel giorno, era inconcepibile! Oltretutto, la neve si era sciolta e la temperatura sembrava più dolce. Allora perché quella maledetta macchina si rifiutava di partire?

Uscì dall'auto, aprì il cofano e osservò il motore con occhio circospetto. Ma tanto non ci capiva niente, lei, inutile illudersi: meglio chiamare aiuto. Già, ma chi? Un garage? E comunque non aveva tempo: entro un'ora avrebbe dovuto essere in camerino a truccarsi, altrimenti non si sarebbe alzato il sipario sulla penultima rappresentazione del *Cid* e il direttore del teatro non gliela avrebbe mai perdonata! Non erano previsti doppi né soluzioni per sostituire gli attori: doveva esserci per forza.

«Faccio venire un taxi da Arles, o magari da Salon, arriverà prima...»

Sbattendo la portiera, tornò in casa e si avventò sull'elenco del telefono. Dieci minuti dopo aveva perso la pazienza, e nessuno le aveva ancora risposto: gli squilli risuonavano nel vuoto.

«Ma dove diavolo sono? Fanno tutti sciopero?»

Fanélie, che stava preparando un dolce, si era fermata e la guardava angosciata, incapace di aiutarla.

«L'ora sta per finire, merda!» esplose Louise.

Perché non aveva previsto niente per quel genere di circostanze? L'auto in panne poteva sempre capitare, avrebbe dovuto pensarci da tempo. Certo, si sforzava di tenere in buono stato la Polo, si fermava con regolarità in una di quelle stazioni di servizio in cui si possono cambiare l'olio o le gomme senza spendere troppo, ma non aveva nessun meccanico di fiducia, nessuno che la soccorresse in caso di emergenza.

«Perché non chiami Grégoire?» suggerì Florent con voce innocente.

«Ancora lui? Scherzi?»

«Be', non abita lontano, ed è gentile...»

Grégoire Fabre, il buon samaritano! La sola idea di essere nuovamente in debito con quell'uomo la disgustava; del resto, con tutte le cose spiacevoli che gli aveva detto l'avrebbe mandata a quel paese, se avesse avuto la faccia tosta di chiedergli aiuto.

«Florent ha ragione», intervenne Fanélie. «Se è in casa, di certo Fabre ti dà una mano. È un caso di forza maggiore, no?»

Louise fu sul punto di urlare che non voleva mai più sentire una parola su quel tizio, ma vide le lancette sulla pendola e si trattenne. Se non trovava una soluzione immediata era la catastrofe. Ingoiando l'orgoglio, sfogliò di nuovo febbrilmente l'elenco, senza sapere se sperava di trovare il nome di Fabre oppure no.

«Eccolo!» disse Florent puntando il dito su una riga.

Di sicuro lui era entusiasta ed eccitatissimo alla prospettiva di vedere il suo eroe in un nuovo episodio di salvataggio!

«Signor Fabre? Buongiorno, sono Louise Balleroy.»

«Buongiorno.»

La sua voce era piuttosto fredda, come previsto.

«Mi spiace disturbarla», riprese dopo un breve silenzio, «ma mi trovo di fronte a un problema imprevisto e urgente. Ho l'auto guasta e devo assolutamente andare ad Arles, al più presto. In realtà dovrei già essere lì, è davvero importante, e non so come arrivarci, perché i taxi non si degnano neanche di rispondere! Non so più che fare, è per questo che mi sono permessa di chiamarla, io...»

«L'accompagno io, non c'è problema. Parto subito.»

Sempre nessuna traccia di gentilezza nel suo tono, e aveva già riagganciato. Louise lasciò andare un lungo respiro di sollievo.

«Bene, arriva, dovrei farcela.»

«Ne ero sicuro!» esclamò Florent con aria beata.

«Sì, tesorino mio, hai avuto un'ottima idea», si sforzò di ammettere.

Fanélie si asciugò le mani sul grembiule e si rimise a impastare la palla di farina, con il sorriso sulle labbra.

«Tra vicini di casa è naturale aiutarsi», mormorò.

Chinandosi verso il figlio, Louise lo baciò sul collo.

«Fai il bravo e non fare arrabbiare Fanélie, quando sarà ora di andare a letto.»

«Posso guardare un po' di tele?»

«Sì, ma solo fino alle nove. Quando torno vengo a darti il bacio della buonanotte. Ma tu dormirai già, vero?»

«Promesso.»

Louise se lo abbracciò stretto, poi prese la borsa e il beauty case con i trucchi. Tornare sarebbe stato un altro problema, ma almeno non era urgente. Magari Stéphane avrebbe potuto allungare un po' e riportarla a casa, oppure avrebbe preso un taxi, però si sarebbe dovuta fermare prima a un bancomat, perché aveva pochissimi soldi con sé.

Due fari illuminarono le finestre e Louise uscì subito di casa. Nel salire sull'auto, rivolse a Grégoire un sorriso che sperava cortese, poi si profuse in ringraziamenti. Ma lui la interruppe subito.

«Dove deve andare esattamente, ad Arles?»

«Al teatro, boulevard Clemenceau.»

«Al teatro?» ripeté lui, incredulo. «E lei è così stressata per andare a vedere uno spettacolo?»

Stava accelerando, e la Land Rover beccheggiava sui solchi del sentiero. Louise aspettò che imboccasse la provinciale asfaltata per rispondere, un po' asciutta: «Non vado a vederlo, ci recito».

«Oh... Allora dovremo sbrigarci, si allacci la cintura!»

Louise stava per rispondere che aveva paura in macchina, ma evidentemente era l'ultima cosa da dire.

«Che spettacolo è?» si informò Grégoire dopo due o tre minuti di silenzio.

«Il *Cid*.»

«E lei interpreta...»

«Ximena.»

«Senza di lei, certo, lo spettacolo perderebbe gran parte del suo interesse!»

Rise solo lui alla sua battuta, perché Louise teneva gli occhi fissi sulla strada, spaventata dalla velocità a cui andavano. Arrivati a Mouriès, Grégoire svoltò in direzione di Saint-Martin-de-Crau per prendere l'autostrada.

«Attrice. Dev'essere un bel mestiere per una donna.»

«Per un uomo no?» ironizzò lei.

«Be', mi sembra... Non lo so. Diciamo, non molto... serio.»

Louise scoppiò a ridere, senza sforzarsi: trovava quel pensiero semplicemente assurdo. Tuttavia, cominciava a sentirsi un po' più di buon umore, quasi certa ormai di arrivare in tempo, e aggiunse: «È un bel mestiere, ma non un mestiere facile».

«Nessun mestiere lo è», protestò Grégoire.

Con la coda dell'occhio, Louise lo osservò con una certa curiosità. Sempre irsuto e mal rasato, aveva un po' l'aria di un orso, ci stava quasi stretto dietro al volante. Dal giaccone di pelle spuntava un grosso maglione jacquard a collo alto, ma erano abiti di buona qualità, proprio come il cronografo che portava al polso.

«Mi sta facendo un grande favore», disse a mezza voce, «e mi dispiace di essere stata un po' aggressiva, l'altro giorno. Ma lei non si immagina fino a che punto ci si preoccupa per il proprio figlio.»

«Lo immagino benissimo. Avevo una bimba, so cosa vuol dire.»

«Aveva?» non poté impedirsi di chiedere.

«È... è morta.»

Questa volta Louise rimase zitta, non vedendo cosa avrebbe potuto aggiungere. Avanzarono in silenzio fino ai sobborghi di Arles e qualche minuto dopo si fermarono davanti al teatro.

«A che ora passo a riprenderla?» domandò lui.

«Oh, grazie mille, è molto gentile, ma mi farò riaccompagnare da qualcuno dopo lo spettacolo.»

«Ne è sicura? Altrimenti, posso aspettare.»

«Sicura.»

«E per la sua auto? Vuole che domattina presto le mandi un meccanico? È un amico, non la spennerà.»

«Be'... Sì, volentieri.»

Louise aprì la portiera e saltò sul marciapiede, impaziente di raggiungere il camerino e rassicurare il direttore di scena, che probabilmente stava già cominciando a strapparsi i capelli.

«Grazie ancora!» gli urlò prima di precipitarsi verso l'ingresso degli artisti.

Lui la seguì con gli occhi, la vide storcersi una caviglia senza per questo rallentare, poi scomparire. Sulla facciata del teatro, tra i cartelloni dei vari spettacoli proposti, trovò quello del *Cid* e lo esaminò. Colto da un'idea improvvisa, decise di andare a posteggiare. Da quanto tempo non metteva piede in un teatro?

Raggomitolato sotto il piumone Florent percepiva un vago brusio provenire dalla televisione. Fanélie seguiva una delle sue trasmissioni preferite e, tra un po', ci sarebbe stato anche il rumore del bollitore, poi quello di una tazza che urtava il piattino. Infine, Fanélie avrebbe fatto scricchiolare la scala per salire in camera sua.

Avevano cenato in soggiorno, accanto all'albero illuminato, e avevano guardato ancora una volta la cassetta del *Re Leone*, di cui non si stancavano mai. La torta al cioccolato di Fanélie era una vera delizia, Florent ne aveva prese tre fette.

Grazie alla luce del pianerottolo, una dolce penombra inondava la stanza. Chiuse gli occhi e cercò di immaginare il viaggio di sua madre con Grégoire. Erano arrivati in tempo, avevano simpatizzato, finalmente? Prima, guardando la 4 x 4 allontanarsi nel buio, a Florent era sembrata la scena di un film! Ai suoi occhi la mamma era così bella da poter avere una folla di ammiratori ai suoi piedi, di spasimanti con mazzi di fiori, di innamorati pronti a condurla dove voleva, e Grégoire incarnava alla perfezione il ruolo del cavalier servente. Molto meglio di Stéphane, comunque, Stéphane che diceva cose tanto stupide, come la sera della vigilia. Annunciare a sua madre che Florent se ne sarebbe andato lasciandola morire lì, da sola! Era esattamente quello che non sarebbe mai successo. Dopo aver visto suo padre andarsene sbattendo la porta – e averlo odiato per questo –, come si poteva anche solo immaginare che lui avrebbe fatto lo stesso? Ridicolo...

Scacciando l'immagine di Stéphane, la sostituì con quella di Grégoire. Un uomo alto, forte, coraggioso, che spuntava dal nulla al momento giusto, con la prestanza e il sorriso rassicurante degli eroi, proprio il tipo di persona che uno avrebbe voluto come professore, zio o padrino... magari patrigno?

Florent si contorse nel letto, a un tratto a disagio. Non era terribilmente cattivo voler sostituire suo padre? E se un giorno fosse tornato e avesse trovato il posto occupato? Se fosse stato infelice, avesse chiesto perdono stringendo il suo bimbo tra le braccia, dicendo che non aveva mai smesso di pensare a lui? Se avesse voluto continuare la loro vita di prima?

Schiacciando i pugni contro gli occhi chiusi, Florent sentiva il cuore battere troppo veloce. La loro vita di prima erano anche le liti quotidiane, le grida, le lacrime di sua madre. E poi quell'assenza improvvisa, definitiva. A scuola, altri bambini avevano subìto il divorzio dei genitori, e parlavano di weekend con il papà o di custodia congiunta, di vacanze condivise, di nuove case, di fratellastri e sorellastre. Florent non aveva nulla di tutto questo da raccontare: suo padre era scomparso, svanito senza lasciar traccia, come se non ci fosse mai stato. Natale era passato, e ancora nessuna lettera nella buca, nessun pacchetto. Fino all'ultimo momento Florent non aveva potuto fare a meno di sperare. Niente il 24, e il 25 era festa, ma anche quella mattina, suo malgrado, aveva atteso con impazienza il postino. Invano. Dopo averlo rifiutato, suo padre l'aveva definitivamente dimenticato. Come era possibile una cosa del genere?

Rannicchiato, si concentrò di nuovo su Grégoire, cercando di ricordarsi la sua casa. Rivedeva il camino alto, il pavimento di cotto provenzale, ma quasi nient'altro, a parte quel fantastico presepe intravisto uscendo. La mamma l'aveva portato via troppo in fretta: non aveva avuto il tempo di distinguere tutti i personaggi, tantissimi, e conservava solo l'immagine di una folla che dalle colline innevate convergeva verso la stalla. Avrebbe avuto modo di tornare a casa di Grégoire per contemplarla come si deve? Non era proprio impossibile, a patto che sua madre e Grégoire avessero finalmente fatto amicizia, quella sera. Come diceva Fanélie, bastava una spintarella del destino, un pollice in su.

Florent tirò fuori una mano dal piumone e aprì gli occhi. Grazie alla luce del pianerottolo distingueva le proprie dita, come ombre cinesi, e le piegò tutte, tranne il pollice.

«Solo i coglioni non cambiano mai idea», borbottò Grégoire.

Suo nonno pronunciava ogni tanto quella frase aggrottando la fronte, quando riteneva che Grégoire fosse troppo testardo. Be', quella sera Antonin avrebbe potuto essere fiero del nipote, che aveva appena cambiato radicalmente giudizio su Louise Balleroy. Poteva anche darsi che fosse una pazza aggressiva, ma che attrice!

Ancora affascinato aveva una fame da lupi, così ruppe il quinto uovo sopra la ciotola e poi si mise a sbatterlo assieme alle altre. Nella padella, dove rosolavano già alcuni crostini all'aglio, aggiunse dei fili di erba cipollina. Marc sarebbe stato verde dalla rabbia se fosse venuto a sapere del suo fuoriprogramma, e di certo non sarebbero mancate le battutine. Pazienza, lui non aveva niente da rimproverarsi: quelle due ore a teatro erano state un incanto. Ecco il genere di uscite da riconsiderare, qualcosa di diverso dal solito cinema o dai musei. Quanto a questi ultimi, Marc non gliene risparmiava neanche uno. Non appena aprivano il minimo posto che riuniva qualche oggetto raro, bisognava andare a vederlo.

La frittata cominciava a dorarsi sui bordi, rimanendo bella morbida al centro. Grégoire la fece scivolare su un piattone e andò a sedersi. Anche se apprezzava la compagnia degli amici, le cene solitarie non lo disturbavano. Ne approfittava per leggere il giornale, parlare con i cani, controllare i conti o pensare alla giornata successiva. A volte progettava eventuali migliorie per l'azienda o la casa. Degli anni trascorsi in America aveva conservato la volontà di intraprendere e il senso dell'efficienza. Non rimandava mai a domani quello che decideva, ribaltando l'ordine delle cose con leggerezza. Infatti, aveva appena riscattato *Lou Roucas* che già si era messo in testa di produrre una qualità di mandorle destinate ai confettieri più esigenti, e non aveva esitato a piantare duecentocinquanta alberi. Con la raccolta riforniva ormai una fabbrica di *calissons*.

Mentre divorava la frittata ripensò al *Cid*. All'abito rosso di Louise, alla linea del suo corpo, alla sua pettinatura, al profilo delicato, al timbro caldo della sua voce. Un'altra donna, decisamente, sensuale ed emozionante, che lo aveva sconvolto.

«Che dite, cani, ho l'aria da stupido?»

I due bovari, sdraiati testa contro coda davanti al calorifero, lo osservavano con interesse, come al solito.

«Ho il diritto di sognare, *noun*?»

Non si concedeva spesso di fantasticare, ma quella

sera la sua mente vagabondava, batteva la campagna; non faceva fatica a immaginarsi nei panni di Rodrigo, con una mano sul cuore e l'altra sulla spada. Oh, Signore! Non è che, per caso, si stava innamorando della sua insopportabile vicina, vero?

Quando salì per andare a letto, un quarto d'ora dopo, ancora ne rideva.

Domenica 28 dicembre

Il termometro scendeva di nuovo, il freddo induriva la terra e gli alberi scintillavano, ricoperti da una sottile pellicola di brina. Quando Louise quella mattina aprì le persiane rimase qualche istante a contemplare il paesaggio da fiaba che offrivano le colline. Quel posto la incantava sempre, malgrado gli inconvenienti di una casa incompiuta e lontana da tutto, e nonostante la partenza di Xavier, che l'aveva abbandonata là con il figlio senza neanche chiedersi come avrebbero fatto a sopravvivere. Quando pensava alla brutalità di quella rottura si diceva che non avrebbe mai più potuto accordare fiducia a un uomo. Le parole – dichiarazioni esagerate e giuramenti d'amore eterno – erano illusorie nella vita vera come a teatro, non bisognava credere a niente, per non farsi troppo male.

Scossa da un brivido, richiuse la finestra e si strinse la vestaglia attorno al corpo. Il giorno prima, l'ultima replica del *Cid* era stata un successo incredibile che avrebbe dovuto colmarla di gioia, ma svuotare il camerino e separarsi dal resto della compagnia la rendevano ogni volta molto malinconica. Per fortuna, le prove dello spettacolo successivo, di cui divideva il cartellone con Stéphane, sarebbero cominciate presto. Quanto al dopo... Be', per il momento non aveva altre prospettive; ogni cosa sarebbe venuta a suo tempo.

Corse in bagno, si fece una doccia veloce e si infilò in tutta fretta un paio di jeans, due grossi maglioni e gli stivali. Florent l'aspettava in cucina, dove aveva cominciato a preparare una bella colazione, come amava fare durante le vacanze scolastiche. Sul tavolo, accanto alle marmellate e al miele, erano disposti un cestino di frutta, una pila di pane tostato e un assortimento di formaggi.

«Ce la fai con la caffettiera, amore?»

Gli arruffò i capelli, lo baciò sul collo.

«Hai un buon profumo!» esclamò lui.

Come sempre, cominciava la giornata con una parola gentile, un complimento.

«Più tardi potremmo farci una bella passeggiata», propose la madre.

«In macchina? Adesso che è riparata.»

Un modo per ricordarle che il meccanico mandato il giorno prima da Grégoire si era mostrato, come previsto, particolarmente efficiente.

«No, a piedi», rispose lei, sorridendo. «Il tempo è bello, dovremo solo coprirci bene. Se vuoi, possiamo giocare a nascondino, e poi...»

Fu interrotta dal rumore di un'auto. Sorpresa di ricevere visite di domenica, si accostò alla finestra e rimase impietrita dallo stupore. Xavier stava scendendo da una coupé sportiva e ne sbatteva la portiera.

Dopo un rapido sguardo circolare, l'uomo si diresse verso casa.

«È tuo padre», mormorò Louise meccanicamente.

Ma non aveva affatto bisogno di precisarlo, perché Florent si era pietrificato accanto a lei, con la bocca aperta. Xavier era appena entrato, senza bussare, come se fosse ancora a casa sua. In due passi attraversò l'anticamera e si fermò sulla soglia della cucina.

«Ciao...»

Louise si sforzò di guardarlo in faccia. Lo choc tanto temuto non si manifestò: non provò né la voglia di piangere né quella di gettarsi al suo collo.

«Avresti potuto telefonare», si limitò a dire.

Era sempre lo stesso, affascinante e sicuro di sé. I capelli biondi sembravano ancora più chiari, l'abbronzatura metteva in risalto gli occhi di un azzurro intenso. Probabilmente tornava da un paese caldo, ma Louise non era curiosa di sapere che vita avesse condotto da quando se n'era andato. La riga che lui stesso aveva tirato diventava definitiva.

«Be', Flo, che fai? Non mi dai neanche un bacio?»

Se cercava di essere gentile ci riuscì male, perché la sua domanda suonò troppo dura. Florent fece due passi avanti, di controvoglia.

«Che accoglienza!» ironizzò Xavier.

«Ti aspettavi qualcos'altro? Lasciagli il tempo di rendersene conto, è sorpreso almeno quanto me.»

«Ero in viaggio.»

«Vorrebbe essere una spiegazione? Allora dimmi, da quale contrada remota arrivi, dove le comunicazioni sono interrotte, immagino? Sei diventato corrispondente di guerra, *grand reporter*?»

Xavier la squadrò con astio, a viso duro.

«Sei l'unica che si diverte alle tue battute. Ci siamo separati, capita a un sacco di coppie, non è il caso di aggredirmi.»

Louise abbassò lo sguardo su Florent, ancora di stucco. Avrebbe assistito a un'altra lite?

«C'è una donna nella mia vita», annunciò all'improvviso Xavier.

La notizia non era poi così sorprendente: doveva pur esserci una rivale per giustificare la sua partenza repentina, e poi il suo silenzio.

«In questo caso», riuscì a rispondere Louise, «divorzieremo e stabiliremo gli alimenti per Florent.»

«Ah, lo sapevo che avresti parlato di soldi!»

«Parlo del futuro, quello di nostro figlio. Quanto a me, non ti chiedo niente.»

Chinandosi verso il ragazzino, sempre immobile, aggiunse: «Mettiti il giubbotto e vai a giocare fuori, tesoro».

«No, non voglio lasciarti», mormorò lui con voce strozzata.

Commossa, Louise gli posò le mani sulle spalle per rassicurarlo, mentre Xavier scoppiava a ridere.

«Forza, ometto, dobbiamo parlare tra adulti.»

«Se è di me che parlate, allora resto qui!»

Si ribellava e al contempo aveva paura, Louise se ne rendeva conto. Affrontare il padre doveva essere un modo per esorcizzare il dolore o manifestare il rancore, e probabilmente sarebbe bastato che Xavier spalancasse le braccia per farlo sciogliere in lacrime.

«Non so come tu lo stai tirando su, ma prima non era così ribelle!»

«Ah, perché ti ricordi di tuo figlio? Ma davvero!» non poté impedirsi di replicare Louise, furiosa.

La rabbia minacciava di farle dire cose che Florent non avrebbe dovuto sentire. Certo, in quel discorso era il principale interessato, ma era anche troppo piccolo e vulnerabile.

«Fai il bravo, amore mio», insistette lei. «Va tutto bene, esci e vai a divertirti, non ci metteremo molto.»

Scuotendo la testa, il figlio esclamò in un soffio: «No».

Poi si sedette su uno sgabello e incrociò risoluto le braccia, senza guardare nessuno. Louise, disorientata, non sapeva bene come comportarsi, quando Xavier si fece avanti. Con un gesto brusco afferrò Florent per il gomito e lo sollevò.

«Adesso basta, esci subito di qui!»

Il ragazzino, terrorizzato, cominciò a dimenarsi, finché una sonora sberla non gli si abbatté sulla guancia.

«Che cosa fai?» urlò Louise. «Lascialo immediatamente, lascialo!»

«Non sta fermo. Smettila di gridare, sei isterica. E tu, aria...»

Florent si precipitò fuori della cucina, urtando il padre nel correre via, con gli occhi colmi di lacrime. La porta sbatté con violenza, poi lo videro passare davanti alla finestra, sempre di corsa.

«Come hai osato?» ringhiò Louise. «È il tuo modo per ricucire i rapporti con lui? Gli hai appena spezzato il cuore!»

«Non mi ha neanche salutato. E non ascolta mai. A quanto pare, fa tutto di testa sua.»

«Non dovevi picchiarlo.»

«Capirai, uno schiaffo infelice! Quando ero piccolo mio padre me ne ha dati a dozzine, e non sono morto.»

Louise guardò fuori, ma non c'era traccia di Florent. Forse era andato a piangere nel capanno? Oppure era uscito in bici sulle colline? Avrebbe voluto raggiungerlo e consolarlo, ma prima di tutto doveva sbarazzarsi di Xavier.

«Se te lo tieni stretto alla gonna, diventerà un pappamolle, credimi.»

«Faccio volentieri a meno dei tuoi consigli», replicò lei. «Ho dovuto fare a meno anche di te, e sbrigarmela da sola per pagare tutte le fatture. Che tu lo voglia o no, parleremo davvero di soldi. Innanzitutto, la casa.»

«Mettila in vendita, divideremo a metà...»

«Ma certo, come no! Così mi ritrovo senza un tetto sopra la testa? Non ci contare, non prenderò alcuna decisione finché non avrò consultato un avvocato. Sei tu che hai lasciato il tetto coniugale, Xavier, non sono io a essere nel torto.»

«Lo so...»

Xavier si lasciò cadere su una sedia, con un sospiro, perdendo un po' della sua arroganza. Quel posto a capotavola, contro il muro, era stato il suo per mesi. A quell'epoca parlavano entrambi con entusiasmo dei lavori che intendevano intraprendere. Poi, con il passare dei giorni, era subentrata la stanchezza, che aveva generato l'amarezza. Ma era l'unico motivo dei loro dissapori? A quei tempi Louise, troppo leale e onesta per porsi delle domande, credeva che la loro coppia fosse immune dalle menzogne. Amava Xavier senza riserve, l'aveva sposato, gli aveva dato un figlio e non aveva mai dubitato di lui. Si era accecata intenzionalmente?

«Questa donna, quand'è che l'hai incontrata?»

Sollevando la testa, Xavier le lanciò uno sguardo mogio che spiegava tutto: il malumore crescente all'epoca, la partenza repentina, poi il silenzio.

«Sono molto innamorato, me la sposo», disse in tono brusco.

Doveva sentirsi in colpa, e tuttavia si rifiutava di lasciare il minimo dubbio sulle sue intenzioni.

«Aspetta un figlio», aggiunse sottovoce. «Perché le donne vogliono sempre dei figli?»

La domanda era così strana che Louise pensò di avere sentito male.

«I figli stanno continuamente lì a tormentarti, a risucchiarti la libertà. Non sono il cemento dell'amore, ma il veleno.»

«Eppure sembravi felice quando è nato Florent!»

«Perché non sapevo come sarebbero andate le cose dopo. In realtà, non sono tagliato per fare il padre. L'amante, il marito, sì.»

Louise guardò di nuovo fuori, preoccupata. Florent non si vedeva da nessuna parte e sperò che non si fosse rannicchiato sotto la finestra per ascoltarli.

«Se la paternità ti angoscia così tanto, perché ricominciare?»

Lui si strinse nelle spalle, con aria rassegnata. La donna di cui era innamorato non doveva avere chiesto il suo parere. Di lì a qualche anno quella sconosciuta rischiava di ricevere una spiacevolissima sorpresa. Peggio per lei.

«Stammi a sentire, Xavier. Non me ne importa più niente dei tuoi amori e dei tuoi stati d'animo, quindi evita di parlarmene. Dobbiamo solo stabilire alcuni dettagli pratici. In fondo è per questo che sei venuto, no?»

«Sì.»

Quell'assenso non era altro che la conferma della perfetta indifferenza dell'uomo nei confronti di Louise e Florent. Dei sentimenti forti che li avevano uniti tutti e tre qualche anno prima non restava più nulla.

«Per quanto riguarda i tuoi diritti di visita o di custodia, ci possiamo mettere d'accordo come vuoi. Puoi prendere Flo un weekend ogni tanto, per forza di cose ha bisogno di suo padre, e...»

«Ma allora proprio non vuoi capire!» esplose Xavier. «Anne-Marie non lo accetterà mai, è gelosissima del mio passato, di te e di nostro figlio. Non ha nessuna intenzione di ospitare Florent né di occuparsene. Tu sogni!»

Louise, impietrita, rimase in silenzio. La crudeltà delle parole pronunciate da Xavier la colpiva nel profondo, facendo vacillare ogni sua certezza.

«Gli voglio bene», aggiunse lui con voce più calma. «E l'ho amato sinceramente, te lo giuro. Solo che... niente, ho conosciuto la passione, è diverso. Il genere di cose che capita una volta sola nella vita, non dovete avercela con me se ho deciso cogliere al volo la mia occasione. Anne-Marie mi fa impazzire, non posso farci niente, mi sembra persino di non riuscire a respirare senza di lei. Non le imporrò Florent; oltretutto, sarebbe un inferno per tutti, lui per primo.»

«Potresti vederlo senza di lei», mormorò Louise.

Non sapeva più cosa doveva difendere o tentare di salvare. La voglia di sbattere fuori Xavier diventava ogni minuto più forte, proprio come il bisogno di stringere tra le braccia Florent, ma non aveva il diritto di sottrarsi a quello scontro finale. Non sapeva nemmeno il suo indirizzo, e probabilmente non avrebbe avuto altre occasioni per chiarirsi con lui.

«Dove abiti?» articolò a fatica.

«Per il momento a Aix. È possibile che più in là ci trasferiamo a Parigi. Ti lascio il mio recapito, per l'avvocato.»

Mentre scriveva sull'agendina, Louise scrutò di nuovo il giardino. Dov'era Florent?

«Non ti preoccupare», disse Xavier alle sue spalle, «ti manderò dei soldi.»

«No. Firmami un assegno, adesso.»

Si voltò verso di lui e lo vide esitare. Nauseata, lo squadrò senza nascondere il proprio disprezzo.

«Il tuo conto in banca è sorvegliato? La tua bella ti controlla? Sei al verde?»

«Me la passo bene, al momento», protestò lui. «Ho venduto delle buone foto, Anne-Marie mi ispira.»

«Risparmiami la tua Anne-Marie, per favore! Te la passi bene e osi dirmelo in faccia, quando hai lasciato senza niente me e tuo figlio? Hai idea di quanto sgobbo per trovare lavoro? Ma no, tu non hai neanche fatto lo sforzo di pensarci. Non ti riconosco più, Xavier. Quella che tu chiami 'passione' ti ha trasformato in un altro uomo, meschino. E quello che adesso fai a tuo figlio finirà per tormentarti, per rovinarti la vita. Un giorno non riuscirai neppure a guardarti allo specchio senza morire di vergogna.»

Louise sceglieva deliberatamente di parlare solo di Florent, tenendo per sé tutto ciò che la riguardava. Erano bastate poche parole perché Xavier riducesse in cenere il loro matrimonio, come una cosa insignificante che la misteriosa Anne-Marie aveva spazzato via con un battito di ciglia. In quanto donna, Louise aveva perso ogni attrattiva, non esisteva più.

«Sei dura», ribatté lui, in maniera incongruente.

Questa volta, fu lei sul punto di crollare. Di mettersi a urlare di rabbia e disgusto, rovesciare il tavolo, mandare al diavolo Xavier.

«Cercherò di pranzare da solo con Florent di tanto in tanto. Sì, magari lo porto al Mac.»

«E se ti trasferisci a Parigi?»

«Gli scriverò.»

«Cosa che non hai fatto neanche a Natale. Aspettava con impazienza il postino, ci ha sperato fino all'ultimo.»

Un silenzio greve cadde tra loro, e si prolungò.

«Mi faresti un caffè?» finì per chiedere Xavier.

Aveva tirato fuori il libretto degli assegni e ci giocherellava meccanicamente. Per un secondo i loro sguardi si incrociarono. Come si poteva essere stati così vicini, intimi, e diventare perfettamente estranei l'uno all'altra?

«Mi dispiace, Louise...»

Per evitare di rispondergli, lei mise l'acqua nel serbatoio della caffettiera e cambiò il filtro.

«Bevi il caffè e poi te ne vai», decise con voce spenta.

Florent aveva corso finché una fitta al costato non lo aveva costretto a rallentare. Più distanza avesse messo tra sé e il padre, meno dolore avrebbe sentito.

«Lo odio, lo odio!» gridava ogni tanto, con tutte le sue forze.

La guancia aveva smesso di bruciargli già da un bel po', ma continuava a toccarla, come per cancellare il colpo, o al contrario ricordarsene. La mamma non lo picchiava mai. Lo privava della tv o lo sgridava, senza però ricorrere alla brutalità, e bastava che alzasse la voce per farlo sentire un verme. Quando era più piccolo, era già capitato che il padre gli assestasse un paio di ceffoni, o anche una sculacciata, ma niente di così terribile. Lo schiaffo di quel giorno invece era stato cattivo, sprezzante, scioccante.

«Lo odio!»

Florent stava camminando sul ciglio della strada, il respiro che formava nuvolette di vapore nell'aria gelida. Mouriès distava ormai solo un chilometro, e presto si sarebbe potuto rifugiare contro il grembiule di Fanélie. Le avrebbe raccontato tutto, lasciando libero sfogo alla rabbia e al dolore, e le avrebbe chiesto di tornare indietro con lui per proteggere la mamma.

«C'è una donna nella mia vita», aveva dichiarato suo padre, come se chiedesse l'ora. Be', che se ne tornasse alla sua «vita» e non si facesse più vedere, allora!

Florent era a piedi nudi nelle scarpe da tennis e indossava solo una felpa e un vecchio paio di jeans, i suoi abiti preferiti per le colazioni domenicali. Uscito in fretta e furia da casa si era precipitato verso la strada senza riflettere, ma adesso moriva di freddo. Pensò al viso contratto della mamma, alla sua voce preoccupata e aggressiva. Doveva soffrire anche lei, per forza.

«Ma io me ne frego, lo odio!»

Affrettò il passo, per quanto la fitta glielo consentisse, affrontò l'ultima curva e scorse il tetto della casetta di Fanélie. Ancora uno sforzo prima di essere al sicuro, al caldo, prima di potersi liberare di un fardello troppo pesante per lui.

E se la lite tra i suoi genitori avesse preso una brutta piega? Se si prendevano a botte? Florent si immaginò la cucina devastata, la mamma che brandiva un coltello. Ma no, l'aveva visto fare a teatro, stava solo facendo confusione. Ancora una volta si toccò la guancia, che sotto le dita ghiacciate gli parve infuocata.

Un po' camminando e un po' correndo percorse gli ultimi cento metri, si arrampicò sui tre gradini dell'ingresso, poi fece irruzione in casa di Fanélie, che non chiudeva mai la porta a chiave. La donna si stava lavando le mani nel lavello, ma non appena lo vide gli spalancò le braccia.

«Il mio piccolo! Che ci fai qui? Che ti succede?»

Con la testa schiacciata contro il grembiule pieno di farina Florent le raccontò tutto, senza fiato.

«Va bene, va bene, calmati adesso. Andiamo subito a telefonare alla mamma, così le diciamo dove sei e cerchiamo di capire cosa sta succedendo laggiù, d'accordo?»

Fanélie, un po' frastornata dalla situazione, accompagnò il ragazzino verso il tavolo.

«Guarda, ho fatto le *merveilles*, sono ancora belle calde!»

In un cestino di vimini ricoperto da un panno erano impilate delle piccole frittelle a forma di nodo, cosparse di zucchero a velo.

«Serviti, tesoro, che io intanto vado a chiamare la mamma.»

Era uno dei rari numeri che conosceva a memoria, e lo compose senza mettersi gli occhiali. Per qualche istante parlò a bassa voce, in tono cospiratorio, mentre

Florent aspettava con un dolcetto in mano. Non aveva fame, e quasi aveva la nausea.

«Tuo papà è ancora lì», annunciò riagganciando.

«Allora andiamo, non la possiamo lasciare sola!»

«Aspetta, hanno bisogno di chiarirsi, di...»

«No, no! Le dice solo cose cattive, se ne deve andare, la deve lasciare in pace!»

Florent, di nuovo agitatissimo, si era alzato, abbandonando la frittella sull'angolo del tavolo. Se Fanélie non voleva accompagnarlo peggio per lei, sarebbe tornato indietro da solo fino a casa: non sopportava l'idea che la mamma fosse in pericolo.

«Non vorrai andartene così», protestò Fanélie. «Santo cielo, non è possibile, sei uscito solo con quel maglioncino leggero addosso? E non hai neanche i calzini!»

Mentre lo squadrava, inorridita, lui aveva già raggiunto la porta.

«Ascolta!» sbraitò Fanélie. «Hai il diavolo in corpo, per la miseria... Fa un freddo cane stamattina, ti beccherai un accidente e sarà colpa mia. Tieni, prendi questa giacca, copriti, io mi metto il cappotto. Possiamo usare la mia bici, basta che sali sul portapacchi.»

Senza farsi pregare, Florent si infilò il maglione pesante dai grossi bottoni che Fanélie gli tendeva con gesto imperioso. Poco gli importava di apparire ridicolo, conciato a quel modo, tutto quello che voleva era tornare a casa per soccorrere la mamma.

«L'unico aperto sarà *Le Patio*, a Fontvieille», affermò Grégoire. «È l'inconveniente di abitare in un angolo turistico: d'inverno è tutto chiuso.»

«*Le Patio*», replicò Marc, «ti piace perché un tempo era un ovile.»

«Oggi lo apprezzo più per il caminetto. E smettila di brontolare, si mangia bene e pago io.»

Avevano camminato tutta la mattina sulle colline dietro ai cani di Grégoire, finché Marc, con i muscoli doloranti e i polmoni in fiamme, non aveva chiesto pietà.

«Sogno una settimana in un paese caldo. Le palme da cocco, la spiaggia, il dolce far niente...»

«Non è la stagione adatta per le vacanze, arriva l'influenza», ironizzò Grégoire. «Ma se vuoi svagarti ti posso portare a caccia tutte le domeniche.»

«Odio il tuo modo di cacciare: hai sempre un buon motivo per non sparare! No dico, farsi quindici chilometri a passo di carica e tornarsene con le pive nel sacco, grazie tante! Ehi, guarda là, chi sono quei due pazzi?»

Marc stava indicando una vecchia bicicletta con un grosso carico che avanzava a zigzag in mezzo alla strada, proprio davanti a loro. Grégoire riconobbe Florent, che gli faceva grandi cenni con le braccia, quindi frenò e accostò, poi abbassò il finestrino.

«Ehi, dove andate conciati così? Buongiorno, signora.»

Il ragazzino, imbacuccato in un maglione improbabile davvero troppo grande per lui, saltò giù dal portapacchi e si precipitò verso la 4 x 4, mentre l'anziana signora appoggiava i piedi a terra, apparentemente sollevata.

«Torniamo a casa», mentì Florent a tutta velocità, «ma sono troppo pesante per Fanélie, non ci riesce. Solo che non vuole che vado a piedi per via del freddo, e perché l'ho già fatto all'andata!»

Il suo viso esprimeva tutta un'altra cosa rispetto alle parole. Nello sguardo tormentato del ragazzino Grégoire percepì nettamente una sorta di miscuglio d'ansia e speranza.

«Vi porto io», propose.

«Sul serio? Fantastico!»

Grégoire si rese conto di aver mirato giusto e gli rivolse un gran sorriso.

«Vado a mettere la bici nel bagagliaio, salite.»

Marc scese per cedere il posto a Fanélie e si sistemò sul sedile posteriore, accanto a Florent.

«Come va la mano, ometto, tutto a posto?»

«Sì, sì, acqua passata!»

Il ragazzino, nervoso, si spazientiva mentre Grégoire faceva inversione.

«Faccio in fretta», promise quest'ultimo strizzando l'occhio nel retrovisore.

«Lei è davvero molto gentile, signor Fabre», dichiarò Fanélie. «Mi dicevo che non ce l'avremmo mai fatta con la salita. Oh, lo so che si vede appena, ma le assicuro che dopo il Calvaire la strada sale di brutto, te ne rendi conto quando devi spingere sui pedali!»

Sembrava entusiasta di starsene seduta lì, a dominare il paesaggio per una volta, ma il piacere durò poco, perché ci impiegarono solo qualche minuto ad arrivare. Davanti alla casetta con le persiane blu Grégoire notò un'auto sconosciuta, parcheggiata accanto alla Polo. Era il motivo che rendeva Florent così febbrile?

«Venite a salutare la mamma, sarà contenta!» esclamò il ragazzino in tono determinato.

«Magari la disturbiamo», protestò Marc senza alcuna convinzione.

«No, no, venite!»

Il bambino era già uscito dalla Land Rover, ma a un tratto parve esitare e si bloccò.

«E va bene, andiamo», decise Grégoire per incoraggiarlo.

Intuiva che qualcosa lo angosciava e voleva vederci chiaro. Lasciando che Marc aiutasse Fanélie a tirare giù la bicicletta dal bagagliaio, seguì Florent. In quello stesso istante la porta di casa si aprì su Louise, affiancata da un omone biondo.

«Ah, alla buonora, eccoti qua!» esclamò quest'ultimo, rivolto a Florent.

Il ragazzino fece due passi indietro, come se si preparasse a scappare. Louise ne approfittò per fare le presentazioni, e mentre i tre uomini si stringevano la mano, lei si andò ad appostare accanto al figlio.

«Saluta tuo padre, tesoro.»

Xavier si chinò per dare un bacio a Florent, che lo lasciò fare, inerte.

«Certo che sei proprio un bel testone! Dai, ci vediamo presto, ragnetto.»

Il loro commiato fu terribilmente privo di calore e spontaneità, tanto più che Louise aveva tenuto la mano sulla spalla di Florent con la palese intenzione di proteggerlo. Xavier salì in macchina e mise in moto in uno stridio di gomme, facendo saltare via la ghiaia.

«Arriviamo al momento sbagliato?» si informò Grégoire.

Louise sembrava un po' stravolta, quasi sul punto di piangere, tuttavia riuscì a dominarsi.

«No, è che la casa è in disordine, e non so se...»

«Allora vi lasciamo», tagliò corto lui.

Fece un cenno di saluto a Fanélie, poi incrociò lo sguardo supplichevole di Florent. Continuava a non capire cosa si aspettasse da lui ma, colto da un'idea improvvisa, aggiunse: «Magari se non avete altri impegni, nel tardo pomeriggio potreste venire tutti e tre a bere un tè a casa mia. Sarei felicissimo di mostrare il mio presepe a Florent, e Marc fa i migliori *caladons* della valle!»

Anche se il suo invito non fosse piaciuto a Louise – che rischiava di trovarlo decisamente troppo insistente – per il sorriso radioso del ragazzino valeva comunque la pena di farsi mandare a quel paese. Tuttavia, contro ogni aspettativa, la donna annuì.

«Alle cinque, d'accordo», disse voltandosi.

Grégoire e Marc risalirono in macchina per riprendere la strada verso Fontvieille, ma appena chiuse le portiere Marc esclamò: «Non ci posso credere, questa sì che è bella! I *caladons*? Credi veramente che te li sforno così in due minuti?»

«Sei tu lo chef, e dovevo pur trovare qualcosa da offrire.»

«Ah, su questo niente da ridire, sei stato gentile. Se l'hai fatto per me, grazie. Più vedo quella donna e più la trovo bella.»

All'inizio Grégoire rimase in silenzio, ma dopo qualche secondo confessò, con un filo di voce: «Anch'io».

«Cosa, anche tu? Ti piace? Fantastico! Non eravamo rivali da un bel pezzo: ecco un'occasione inaspettata.»

Rideva, apparentemente contento all'idea di confrontarsi con Grégoire come quando avevano quindici anni di meno.

«Sembrerebbe che la serata a teatro ti abbia fatto fantasticare. Perché prima la trovavi odiosa, se non ricordo male.»

«Lo è di sicuro, ma per esserne del tutto certi bisogna prima conoscerla un po' meglio. Non mi è piaciuto il suo modo di fare quando mi ha quasi accusato di interessarmi troppo a suo figlio, ma dopo si è scusata.»

«La sera in cui le hai fatto da autista? E va bene, così hai due o tre punti di vantaggio su di me, ok. Ma la partita resta aperta, e che vinca il migliore!»

Grégoire, perplesso, si concentrò sulla strada. Al contrario di Marc, si sentiva incapace di prendere le cose alla leggera. Quel che Louise aveva risvegliato in lui non somigliava a un semplice desiderio né a un'infatuazione passeggera. Per il momento aspettava, sorpreso dalle sue stesse reazioni, da quell'irritazione eccessiva provata poco prima di fronte a Xavier Pertuis, un bel biondo contento di sé, di cui Louise non portava il cognome. A quanto pare doveva aver cominciato la carriera con il cognome da ragazza, e poi l'aveva tenuto.

«Mi sa che siamo sbarcati in pieno dramma, se ne stavano dicendo quattro, o no? E Florent doveva saperlo, visto che aveva tutta quella fretta di arrivare.»

«Ti piace proprio, quel ragazzino», constatò Marc.

«Mi fa pena.»

«Pena?»

«Diciamo che mi commuove. Ma è normale, ogni volta che lo incontro ha qualche problema. Si è perso nel buio, non ha l'albero di Natale, beccheggia sulla bici di una vecchietta vestito da clown... E ha sempre l'aria di voler chiedere aiuto senza osare farlo.»

Nel dirlo, Grégoire si accorse di pensare alla sua stessa infanzia. Antonin aveva fatto tutto il possibile per crescerlo bene, ma lui si era sentito spesso un ragazzino solitario e diverso dagli altri. Florent gli ricordava le sue angosce di bambino, di figlio unico, gli slanci incontrollabili che lo facevano camminare sulle colline, parlare alla luna, architettare pazzie infantili.

«Siamo pensierosi», scherzò Marc. «È una cosa tanto importante?»

«Forse lo diventerà.»

«Oh... Benvenuto nel club, non sapevo che cercassi il grande amore!»

Quell'espressione così inopportuna fece scoppiare a ridere Grégoire.

«Non ho detto niente del genere. È la tua eterna ricerca, non la mia. Adesso, però, faremmo meglio a muoverci, se vogliamo trovare un tavolo.»

Aveva appena parcheggiato davanti al *Patio*, sollevato all'idea di poter parlare d'altro. Le domande insistenti di Marc avevano finito per metterlo a disagio, e preferiva non sapere perché.

Louise si rigirò ancora una volta, ma non prendeva sonno, non riusciva a fare quel pisolino di cui avrebbe avuto tanto bisogno. Rassegnata, abbandonò il tepore del piumone e andò in bagno. Dal piano di sotto salivano i rumori elettronici del gioco che Florent stava facendo sul telefonino. Per il momento il regalo di Stéphane godeva di tutti i suoi favori: avrebbe potuto passare delle ore a fissare lo schermo minuscolo, premendo febbrilmente sui tasti, e forse sarebbe stato orgogliosissimo di esibirlo davanti ai compagni, una volta tornato a scuola. Avrebbe dovuto regalarglielo lei, per prima?

Durante tutto il pranzo avevano parlato del più e del meno, e Florent si era rifiutato di fare qualsiasi riferimento alla visita del padre. Louise aveva tentato di sdrammatizzare la situazione, ma ogni volta che si era azzardata a pronunciare il nome di Xavier, Florent aveva abbassato la testa sul piatto. Louise capiva il suo dolore, la sua amarezza, e tuttavia non doveva permettere che odiasse il padre: era un sentimento impossibile da gestire, per un ragazzino di appena dieci anni.

Certo, non appena Florent era uscito a giocare Fanélie aveva reclamato i dettagli. Esacerbata dal racconto di Louise l'anziana signora aveva usato parole durissime per Xavier, gli aveva dato del padre indegno e dell'uomo cattivo. Lo era davvero? Il suo modo di confessare che non aveva la stoffa del padre era piuttosto patetico, ma avrebbe avuto un altro figlio, il che era assolutamente da irresponsabili.

Osservandosi nello specchio Louise si rese conto di avere una brutta cera, quanto bastava per giustificare un po' di trucco. Quella mattina era stata trasparente per Xavier, ma lui non l'aveva mai guardata davvero, annebbiato com'era dalla sua Anne-Marie. Il loro incontro era stato una scena risibile, se paragonata a quella che lei si era sempre immaginata. Appena dopo la separazione credeva ancora che un giorno suo marito sarebbe tornato, pieno di rimorsi e sempre innamorato di lei, che la loro vita avrebbe ripreso il suo corso, e la loro famiglia sarebbe rinata. Aveva anche immaginato, a torto, che quel ritorno l'avrebbe resa pazza di gioia. Quante illusioni!

«Almeno il capitolo è chiuso. Hai voltato pagina, adesso puoi passare ad altro», disse alla propria immagine riflessa.

Il che non significava che si sarebbe lanciata alla conquista del primo venuto, e certo non di Grégoire Fabre. Quanto al suo amico Marc...

Ci deve pur essere un motivo che ti ha spinta ad accettare il loro invito, no?

Marc era molto affascinante, aveva un sorriso gentile, inoltre era un bravo medico, stando alla rapida guarigione della mano di Florent. Era meno zoticone di Grégoire, aveva l'aria di un uomo posato, affabile, insomma lo scapolo ideale, visto che non portava la fede.

Però, l'hai notato!

Stese un secondo strato di mascara sulle ciglia, si diede un colpetto di fard sugli zigomi e poi si legò i lunghi capelli a coda di cavallo, lasciando uscire due o tre ciuffi ribelli sulla fronte. Il mestiere di attrice le aveva insegnato a valorizzarsi, e quel giorno ne aveva bisogno per dimenticare l'atteggiamento offensivo di Xavier.

«Un avvocato, già. Ma come lo pago?»

Anche nel caso di un divorzio consensuale, avrebbe dovuto sborsare più di un onorario e pagare subito un acconto per il quale non aveva neanche un centesimo. L'assegno lasciato di malavoglia da Xavier sarebbe dovuto servire a quello? Era talmente ridicolo che Louise si strinse nelle spalle e si allontanò dallo specchio.

«Con chi parlavi, mamy?» le chiese Florent, che passava in corridoio.
«Parlavo da sola, amore!»
«Come Fanélie?»
«Oh, come tutti quanti, mi sa! A te non capita mai?»
Fermo sulla soglia del bagno, il bambino la osservava con aria estasiata.
«Sei così bella...»
Probabilmente apprezzava il trucco, o la pettinatura, o magari il maglione azzurro cielo con il collo ad anello che si era appena infilata.
«È ora di andare, no?» aggiunse Florent.
La luce calava già, presto sarebbe stato buio. Louise prese il giaccone imbottito e seguì il figlio giù per le scale.

«Le tue idee del cavolo! Guarda questi poveri biscotti tutti rinsecchiti, ci vorrebbe come minimo un martello pneumatico per tagliarli.»
Costernato, Marc contemplò la teglia su cui erano adagiati i *caladons*.
«Dev'essere la cottura, oppure ci ho messo troppe mandorle. Faccio in tempo a ricominciare?»
«No. Sono quasi le cinque, prepara in fretta qualcos'altro, preferibilmente una robina semplice che sei capace di fare!»
«Qualche tartina?»
Scoppiarono a ridere insieme, rallegrati dall'ottimo pranzo al *Patio*.
«Se non trovi una soluzione alternativa farai una figuraccia», gli predisse Grégoire.

Prendendo una rapida decisione Marc aprì di nuovo il frigorifero e tirò fuori alcune uova, mentre Grégoire si dava da fare a preparare un vassoio per il tè.

«Ossignore, metti le tazze più belle! Be', per fortuna che non ci vede nessuno, perché mi sa tanto che sembriamo due scapoloni impacciati in preda al panico.»

«Parla per te, io mi sento perfettamente a mio agio», mentì Grégoire. «E prepara una tazza di cioccolata calda per il bambino!»

Andò in soggiorno, dove apparecchiò per cinque, poi accese le lampade che illuminavano il presepe, aggiunse un paio di ciocchi nel caminetto e tirò le tende per rendere l'atmosfera della stanza più intima.

«Il termometro segna meno cinque!» gridò a Marc.

«Me ne frego, a me interessa solo il termostato del tuo forno!»

Quell'inizio d'inverno era particolarmente rigido e, a dar retta alle previsioni meteo, per i giorni successivi erano attese abbondanti nevicate. In simili condizioni tanto valeva pensare a qualche lavoretto da fare in casa, come un paio di mensole in più per la libreria, ormai stracolma di libri. Con una punta di nostalgia, Grégoire ripensò all'espressione incuriosita – ma non di rimprovero – di Antonin, quando vedeva il nipote immerso in un libro. Lui non aveva quasi tempo da dedicare agli svaghi e si accontentava del suo mensile sulla caccia o del telegiornale. «Quel libro è per la scuola?» finiva per chiedere. E se Grégoire rispondeva che era solo per divertimento, il vecchio rimaneva lì con le sopracciglia aggrottate, dubbioso, ma senza fare commenti.

I cani abbaiarono due volte, brevemente, annunciando così gli ospiti e provocando un impercettibile borbottio di Marc dal fondo della cucina. Grégoire spalancò la porta, nonostante il vento gelido che subito si riversò in casa.

«Oh, che bel calduccio che fa qui da lei!» esclamò Fanélie con un sorriso raggiante.

Tese a Grégoire un cesto di vimini coperto da un panno, e aggiunse: «Stamattina avevo fatto un po' di *merveilles*, allora siamo passati a prenderle, non volevo che andassero sprecate...»

Louise, più riservata, gli fece semplicemente un salutino. Accanto a lei, Florent non osava muoversi, impressionato dai due grossi bovari che erano appena comparsi.

«Lasciali stare per il momento», disse Grégoire al ragazzino. «Ti annuseranno giusto un attimo, ma secondo me si ricordano di te. Non appena si mettono a scodinzolare, li puoi accarezzare se vuoi, sono buonissimi.»

«Splendidi animali, comunque», continuò Fanélie.

La brava donna sembrava decisa a dar sfoggio di gentilezza, forse per compensare il silenzio di Louise.

«Accomodatevi vicino al fuoco», li invitò Grégoire.

Florent si era avvicinato spontaneamente al presepe, attratto da una forza irresistibile. Allungò una mano per raddrizzare una statuina che si era rovesciata, ma così facendo ne fece cadere altre due.

«Puoi cambiarli di posto se ti va», gli disse con gentilezza Grégoire. «Li ho sistemati un po' a caso!»

Accese la minuscola lampadina che illuminava il fondo della stalla e lasciò il ragazzino alla sua contemplazione. Raggiunto Marc in cucina, mise in funzione il bollitore.

«Ho fatto un po' di meringhe, si stanno raffreddando. Adesso però lascio a te il compito di occuparti del resto, io appendo il grembiule al chiodo.»

Con una strizzatina d'occhi, Marc si eclissò. Il piano di lavoro e il lavello erano nel disordine più totale: c'era solo da augurarsi che le due donne non entrassero in cucina! Nell'attesa che l'acqua bollisse Grégoire sistemò un po', riscaldò la cioccolata e mise in infusione le foglie di tè. Quando tornò in soggiorno Fanélie, Louise e Marc si erano accomodati attorno al tavolo, mentre Florent, sempre affascinato, continuava a spostare prudentemente le statuine, e intanto parlava a bassa voce ai cani che si erano sdraiati ai suoi piedi.

«A che epoca risale questa casa?» si informò Louise.

La domanda, educata, non rispondeva a una vera curiosità, e tuttavia Grégoire si degnò di rispondere.

«So solo che qua dentro si sono succedute almeno una decina di generazioni di Fabre, e ognuna l'ha modificata a suo gusto, in base alle esigenze dell'azienda. Mio nonno aveva ancora un po' di interesse per il bestiame, ma il cuore dell'attività era già costituito dagli alberi da frutto, e una parte degli edifici non serviva più. Ne ho approfittato per apportare alcune vere trasformazioni.»

«La cucina si trova nel vecchio ovile», precisò Marc.

«Dopo il tuo passaggio somiglia più a un porcile», scherzò Grégoire. «In realtà, la cosa più interessante è stata recuperare la piccionaia, che offre uno spazio incredibile.»

«Ha la passione per il bricolage?»

«Non per questo genere di lavori. A ciascuno il suo mestiere...»

«E ogni cosa andrà a dovere!» concluse Fanélie.

L'anziana donna centellinava il tè, guardandosi attorno con curiosità. Le occasioni di svago dovevano essere rare per lei, e trovarsi nella casa di Antonin Fabre la divertiva di sicuro. Conosceva quasi tutti in zona, e probabilmente aveva sentito parlare di suo nonno.

«Pare che lei sia un'attrice straordinaria», buttò là Marc, per cambiare discorso.

«Grazie del complimento, ma quando ha avuto occasione di...»

«Greg l'ha vista nel *Cid*, l'ha lasciato secco!»

Imbarazzato, Grégoire lanciò uno sguardo assassino all'amico. Lui non vi avrebbe mai fatto allusione, e quando Louise si voltò dalla sua parte si sentì un perfetto idiota. Quella donna aveva il dono di metterlo a disagio, tanto più che sembrava non voler rinunciare a una sorta di diffidenza nei suoi confronti.

«Un bello spettacolo che mi ha fatto rimpiangere di non andare più spesso a teatro», riuscì a balbettare.

«È molto gentile da parte sua.»

«Oh, non volevo essere gentile, mi creda.»

L'aveva detto in maniera troppo brusca, tanto da far sussultare la sua ospite. Santo cielo, quanto era goffo! Ci teneva molto a passare per un cafone? «Proprio non sei capace di fare i complimenti», gli faceva notare spesso e volentieri Jane, in tono agro, lei che adorava essere incensata, abituata com'era alle lusinghe stravaganti del padre, che l'aveva continuamente trattata come una principessa. Grégoire, invece, faceva fatica a esternare i sentimenti: aveva sempre dovuto accontentarsi, nel migliore dei casi, della muta approvazione di Antonin.

Lasciando la conversazione nelle mani di Marc, che stava parlando con disinvoltura di teatro classico, andò a prendere le meringhe e le mise davanti a Fanélie, poi raggiunse Florent.

«Ah, ma va benissimo anche così!» esclamò di fronte al nuovo ordine delle statuine.

Il ragazzino le aveva sistemate in processione dietro al parroco, e tutta quella folla sembrava seguire un angusto sentiero che scendeva la montagna.

«Hai avuto una buona idea, io tendo a farlo sempre un po' uguale tutti gli anni.»

Sotto la frangia di capelli biondi, lo sguardo di Florent pareva spento.

«Ti annoi?» gli chiese piano Grégoire.

«No! Per niente, no, ma ho caldo.»

«Togliti il maglione. Ti va una spremuta bella fresca? Te ne vado a preparare una.»

Tornò verso la cucina nel momento in cui Louise scoppiava a ridere, forse conquistata dall'umorismo di Marc. L'amico aveva tenuto a precisare: «La partita resta aperta, che vinca il migliore!» Doveva forse cercare di ribaltare la situazione, e di ottenere a sua volta l'attenzione di Louise? No, non aveva più l'età per fare il galletto e non si sarebbe pavoneggiato fino a rendersi ridicolo. Quando tornò con un'aranciata guarnita da due cubetti di ghiaccio trovò Florent addormentato per terra, tra i due bovari. Louise non si era resa conto di nulla, e neanche Fanélie.

«Vieni a bere il tè prima che si raffreddi!» lo chiamò Marc.

Probabilmente voleva includerlo nella conversazione, e Louise si voltò verso di lui, sorridente. I suoi occhi erano splendidi, tagliati a mandorla e morbidi come il velluto. Come aveva fatto a non accorgersene fin dall'inizio? Ricambiò il sorriso, mentre i loro sguardi rimasero aggrappati l'uno all'altro il tempo di un istante.

Martedì 30 dicembre

La neve era caduta senza sosta il lunedì e, dopo una tregua, quasi tutta la notte successiva. Martedì mattina, le colline e la valle sembravano sommerse da una spessa coltre, che il vento gelido induriva.

Appena alzata Louise andò a controllare Florent, che la sera prima, lamentoso e un po' febbricitante, aveva fatto molta fatica ad addormentarsi. Durante la spedizione di domenica a casa di Fanélie, a piedi nudi nelle scarpe da tennis, doveva essersi preso un'infreddatura. Lo trovò sveglio, con i capelli appiccicati sulla fronte, il piumone tirato fino al mento e il corpo scosso dai brividi. Si misurò di malavoglia la febbre, rifiutando la colazione che lei si offrì di servirgli a letto.

«Hai trentotto e mezzo», constatò Louise. «Vado a chiamare un medico.»

La cosa più semplice, probabilmente, sarebbe stata telefonare a Marc: anche se non poteva spostarsi, almeno le avrebbe dato qualche consiglio. Chiamò lo studio, ma la segretaria la informò che, per via delle condizioni meteo, le visite si limitavano alle emergenze. A Salon-de-Provence nevicava di nuovo, una vera e propria tempesta.

«Il dottore la contatterà non appena rientra», promise la segretaria.

Dopo aver riagganciato, Louise si piazzò davanti alla finestra della cucina. Il cielo, cupo e carico, annunciava il peggio. Impossibile guidare con un tempo del genere; oltretutto la Polo era sepolta sotto la neve. Con un sospiro rassegnato, fece scaldare una tazza di latte a cui aggiunse un cucchiaio di miele, frugò in un cassetto per trovare un tubetto d'aspirina, poi tornò al capezzale di Florent.

«Bevi questo e manda giù la compressa, tesoro.»

Due macchie rosse chiazzavano le guance del ragazzino, segno che la febbre continuava a salire. Si trattava di un semplice raffreddamento o di un'influenza?

«Se oggi pomeriggio sto meglio posso uscire con la slitta, mamy?»

«Non credo proprio.»

«Anche se mi copro bene?»

«No, davvero.»

Se pensava alla slitta voleva dire che non stava poi così male. Louise aspettò che finisse il latte per spedirlo in bagno.

«Fatti una doccia tiepida, non calda... hai la febbre... e cambiati il pigiama.»

Mentre il figlio raggiungeva il corridoio trascinando i piedi Louise ne approfittò per rifare il letto, ma quando decise di aerare la stanza fu sorpresa dal freddo polare e richiuse subito la finestra. Restava abbastanza nafta nella cisterna? L'idea di uscire e di dover sollevare la lastra di ferro per misurarne il livello era scoraggiante.

Udì squillare il telefono e si precipitò di sotto. Era Marc, che con qualche frase venne aggiornato sulle condizioni di Florent.

«Già domenica a casa di Greg aveva una faccetta... Ma non si allarmi troppo, tenga sotto controllo la temperatura. Se lo ha in casa gli dia del paracetamolo, piuttosto, è meglio dell'aspirina; e lo faccia bere spesso. La richiamo io in serata per avere notizie. Nevica anche da voi?»

«Non ancora.»

«Be', non dovrebbe tardare, qui sembra di stare in una stazione sciistica! Buona fortuna e a stasera, Louise...»

Aveva messo molto calore nel pronunciare il suo nome, quasi una nota di tenerezza, tuttavia non aveva parlato di fare un salto da lei. Due giorni prima, durante quella merenda improvvisata, lei lo aveva trovato decisamente affascinante, colto, divertente. Ma forse anche un tantino superficiale...

Mentre si preparava un caffè telefonò a Fanélie, per assicurarsi che non le mancasse nulla e per prometterle che sarebbe passata a prenderla non appena il tempo l'avesse consentito. Poi si sedette al tavolo della cucina, con il nuovo copione aperto davanti. Di lì a poco sarebbero cominciate le prove, e doveva memorizzare le prime scene.

Dopo un po', nel sollevare lo sguardo, constatò che la neve cadeva a grossi fiocchi. Che strano inverno per la Provenza! Dopo il bianco Natale tanto desiderato, quel freddo da lupi cominciava a pesarle. Per fortuna aveva un po' di provviste nel congelatore, almeno quanto bastava per preparare una buona cena l'indomani per festeggiare l'anno nuovo, oltre a una serie di conserve e legumi secchi che Fanélie le aveva consigliato di comprare in autunno. «Quando uno abita in una casa così isolata, deve prevedere l'imprevedibile.»

Voltò una pagina e si accorse di avere le mani ghiacciate. Per riscaldare la cucina, la cosa più semplice era accendere il forno e lasciare lo sportello aperto. Avrebbe potuto anche fare una bella fiammata nel camino del soggiorno, ma i ceppi si trovavano nel capanno, e lei non aveva decisamente nessuna voglia di uscire. Sì, abitare in una casa isolata poneva diversi problemi, e di certo Louise non l'avrebbe scelta se all'epoca Xavier non si fosse mostrato tanto entusiasta. Ma con un uomo al suo fianco lei aveva visto solo i vantaggi: un giardino per Florent, un panorama di colline azzurre a perdita d'occhio, il canto delle cicale e il profumo di lavanda. Un cuore e una capanna. In ogni caso, il loro budget non consentiva altre scelte. E poi, una volta rimessa in sesto, avrebbero sempre potuto rivenderla e avvicinarsi di nuovo ad Arles, per esempio. Preso da una passione smisurata per quella vecchia casa dalle persiane blu, Xavier ne aveva deliberatamente minimizzato gli inconvenienti. Una delle sue sonore infatuazioni – ma effimere, il seguito l'aveva dimostrato – che lo galvanizzavano.

Adesso, con tutta quella neve che dilatava l'impressione di solitudine e circondata da quel silenzio ovattato, Louise si sentiva davvero fuori dal mondo. Non era abbastanza famosa perché qualcuno la venisse a cercare in quel buco sperduto e, di lì a un paio d'anni, quando Florent fosse andato alle medie, la situazione si sarebbe complicata ulteriormente. Forse era meglio che cominciasse a pensare di trasferirsi in città, in un appartamento.

La pendola non aveva ancora suonato mezzogiorno e fuori la luce si stava già abbassando. Louise si alzò, accese il lampadario e il forno. Florent avrebbe avuto abbastanza fame da pranzare? Odiava il minestrone, ma forse un passato di verdure con un po' di formaggio grattugiato l'avrebbe tentato. Tese l'orecchio qualche secondo, ma non udì nessun rumore. Probabilmente suo figlio dormiva, spossato dalla febbre.

Avvicinandosi alla finestra Louise vide che i fiocchi turbinavano sempre compatti, sospinti dal vento. Per un attimo rimase immobile, ipnotizzata da tutta quella coltre di neve che aumentava a vista d'occhio. Se Florent non fosse stato malato avrebbero potuto fare a palle di neve, costruire un pupazzo armato di scopa o prendere la slitta per scivolare ai piedi della collina; divertirsi un po' insomma. Fino ad allora, suo figlio non aveva approfittato granché delle vacanze di Natale. E in quelle condizioni non c'era da stupirsi che il *mas*, i cani e lo splendido presepe di Grégoire Fabre lo avessero affascinato!

Louise, lavorò ancora un po', poi, pensando alla bolletta della luce, spense il forno, prese il copione e salì in camera sua. Passando diede un'occhiata a Florent; lo trovò addormentato, con un fumetto abbandonato sul lenzuolo. Gli sfiorò appena la fronte, che sembrava scottare meno, poi uscì dalla stanza in punta di piedi.

Nel corso del pomeriggio riuscì a imparare le prime due scene, tra cui una tirata di una pagina intera particolarmente difficile da memorizzare. Poi chiamò Stéphane, per parlare un po' dei rispettivi personaggi. Purtroppo lui si trovava a Marsiglia, a casa di amici, e non aveva ancora aperto il testo.

Alle cinque, quando prese a farsi buio, smise infine di nevicare, ma il vento raddoppiò di intensità. Florent scese a guardare un cartone animato, imbacuccato in un plaid, e Louise decise di preparare delle crêpe. Proprio mentre appoggiava la padella sulla piastra la luce si spense.

«Mamma?» chiamò Florent dal soggiorno.

«Non avere paura, angelo mio, è andata via la luce! Vado a prendere le candele, non muoverti.»

Il buio era così assoluto che Louise andò a sbattere contro il tavolo, convinta di dirigersi verso gli armadietti. Imprecò tra i denti e ripartì nella direzione opposta, con le mani avanti.

«Trovate, mamy?»

La voce inquieta di Florent tradiva la sua paura del buio, un timore di cui non si era mai liberato.

«Credo che Fanélie le tenga vicino ai tovaglioli di carta. Ah, ci sono, eccole qui!»

Recuperò a tastoni quattro candele e una scatola di fiammiferi, ringraziando mentalmente l'ordine meticoloso di Fanélie.

«Sto arrivando, amore!»

Una volta accesa la prima candela, si affrettò a raggiungere il soggiorno; Florent era sempre seduto davanti al televisore spento.

«Be', pensa che bello, passeremo una serata a lume di candela!» esclamò allegra.

«E il riscaldamento?»

Persino un ragazzino di dieci anni aveva più spirito pratico di lei! Con un sorrisone, Louise gli arruffò i capelli.

«Bravo ad averci pensato, in effetti la caldaia non può funzionare. Ma queste cose non durano mai a lungo, vedrai che in men che non si dica torna la luce.»

O almeno era quello che Louise si augurava. Erano gli ultimi della linea, e talvolta subivano piccole interruzioni che duravano qualche minuto, tutt'al più un'ora, ma niente di irrimediabile. A meno che... A meno che qualche cavo non avesse ceduto sotto il peso della neve o ci fosse stato un qualche altro incidente serio, dovuto al gelo o al vento impetuoso... Meglio non pensarci per il momento.

«Mamma, ma la porta è chiusa a chiave, vero?»

«Certo, tesoro, ma vado a controllare; non si sa mai.»

Mise le tre candele nel candeliere di rame, che appoggiò al centro del tavolo, poi, con la quarta in mano, andò a verificare. Sì. Ma tanto a che serviva chiudere a chiave la porta quando le persiane erano aperte? Poco paurosa per natura, Louise dimenticava una sera su due di chiuderle, e al momento la neve accumulata su tutti i davanzali delle finestre rendeva l'operazione faticosa.

«Accendi il fuoco, mamy?»

«Certo.»

Sì, doveva accendere il camino prima che la casa si raffreddasse, e quindi andare a prendere quei dannati ciocchi nel capanno.

«Flo, devo uscire per andare a prendere una scorta di legna, ok?»

«Ti aiuto.»

«Non se ne parla, tu non metti fuori il naso. Sei ammalato, e fa un freddo cane!»

Ignorando le sue proteste, Louise si infilò il giaccone imbottito e i guanti, poi prese la lampada elettrica appesa accanto alla porta. Un'altra delle felici iniziative di Fanélie!

«Intanto, tu cerca di chiamare Fanélie con il cellulare. Se non risponde significa che neanche laggiù c'è corrente. Torno subito, amore mio.»

Non appena aprì la porta si rese conto delle difficoltà che la attendevano. Davanti a casa il vento stava trasformando la neve accumulata in blocchi di ghiaccio. Scivolando e inciampando, Louise raggiunse il capanno, ma la porta si apriva verso l'esterno. Per poterla tirare, prima doveva spazzare via la neve.

«E con che cosa? Porca...»

La pala e gli altri attrezzi erano riposti accanto ai ciocchi, ovviamente. Louise si inginocchiò e, appoggiando la torcia lì accanto, cominciò a togliere con le mani il mucchio di neve indurita.

«Mamma?» la chiamò Florent dalla soglia di casa.

«Torna subito dentro!»

«Aspetta, prendi questa!» gridò, lanciandole la paletta di plastica della cucina.

Mentre lui sbatteva la porta, Louise non poté trattenere un sorriso. Adorabile ragazzino! Impugnò la paletta e si mise a far piazza pulita, stavolta più efficacemente, finché il manico non si spaccò di netto.

«Oh, be': dovrebbe bastare...»

Tirando con tutte le sue forze, riuscì ad aprire la porta quanto bastava per infilarsi dentro, con la torcia in mano. In un angolo del capanno rimanevano una quindicina di grossi ciocchi e un sacco di legnetti: e cioè, di che alimentare il camino per almeno ventiquattr'ore.

Già, ma se non hanno ancora riparato il guasto entro domani sera?

L'idea di un cenone di capodanno freddo in una casa senza riscaldamento non era molto allettante. Proprio come quella di doversi fare una doccia ghiacciata. E il tutto con il bambino ammalato!

Tirò fuori i ciocchi uno alla volta, poi richiuse la porta del capanno e rimise il chiavistello. Lo sforzo l'aveva stancata, tuttavia li trasportò uno dopo l'altro fino davanti a casa. In basso aveva i jeans fradici e, malgrado i guanti, le dita le si stavano intorpidendo.

Florent la aspettava in piedi in anticamera. Testardo, si era messo la giacca a vento e la aiutò a portare dentro tutto.

«E una è fatta!» sospirò Louise. «Adesso ci organizziamo, e che la luce torni o no, noi siamo pronti.»

Costrinse il figlio a tornare a sdraiarsi sul divano, con il plaid sulle spalle, mentre lei sistemava la legna nel camino. Avevano lasciato la porta aperta cinque minuti e già l'ambiente si era raffreddato, perciò fu sollevata nel vedere finalmente alzarsi le fiamme.

«Fanélie non risponde», annunciò Florent.

Forse i danni alle linee erano davvero gravi, ma in

quel caso la società elettrica avrebbe mandato una squadra di tecnici per ripararle al più presto. Fino ad allora, come lei stessa aveva affermato, dovevano resistere. Riprese la torcia e salì a cambiarsi. Dopo essersi infilata dei vestiti caldi e comodi prese un altro maglione per Florent, un grosso paio di calzini e il termometro. Poi scese, mise a posto la torcia e andò a ispezionare gli armadietti della cucina. A parte le sei grandi candele rosse, comprate in vista del cenone, trovò solo una decina di candele scaldavivande profumate alla citronella.

«E chissà cosa ci faccio, con queste...»

Quanto alla cena, sarebbe bastato mettere qualche patata a cuocere sotto la cenere, ma era impossibile farsi una bevanda calda, purtroppo! Curiosando un po' ovunque, scovò anche una scatola di paracetamolo, in cui erano rimaste tre pastiglie.

Quando tornò in soggiorno Florent le restituì il termometro, che segnava trentotto e sei.

«Posso venire nel lettone, stanotte?» chiese con tono esitante.

«Ma certo! Ci terremo caldo. Aggiungerò anche un piumino.»

«E teniamo accesa una candela?»

«È pericoloso, tesoro. Ma non devi aver paura di niente con me, e poi ti racconterò delle storie per farti addormentare.»

Perché mai Florent aveva così paura del buio? Era capace di ogni sorta di coraggio, ma l'oscurità lo paralizzava.

Uno scricchiolio sinistro li fece sobbalzare insieme. Il rumore veniva da fuori, ma non si ripeté.

«Deve essersi rotto un ramo... Questo gelo è una catastrofe per gli alberi!»

«Povero Grégoire, i suoi soffriranno», osservò Florent.

«Sì, be', credo che gli ulivi siano fragili, ma quanto ai mandorli e ai fichi, non so.»

Dal momento che non aveva nessuna voglia di parlare di Grégoire, Louise propose una partita di Monopoli.

«Ti piace Grégoire?» insistette Florent, mentre divideva le banconote della banca e le carte di proprietà.

«Lo trovo un po'... brusco. Taciturno. In compenso è un buon vicino, sempre disponibile a dare una mano.»

La sua risposta parve deludere Florent. Da quando Fabre l'aveva salvato era diventato il suo idolo, logico. E la visita del padre non aveva sistemato le cose.

Un nuovo rumore, impossibile da identificare, fu seguito da un urto sordo. Louise si avvicinò a una finestra, ma fuori il buio era troppo denso e vide solo il suo riflesso nei vetri neri.

«È caduto qualcosa», spiegò. «Forse un cumulo di neve dal tetto.»

Doveva nascondere a tutti i costi a Florent il malessere che iniziava a nascere in lei.

«Mettiamo su un po' di musica», decise.

La vecchia radio a pile di Fanélie era lì sulla credenza, e Louise cercò una stazione che trasmettesse qualcosa di carino. La serata rischiava di essere lunga, e la notte anche.

* * *

Alle undici meno un quarto Louise non dormiva ancora. Accanto a lei Florent aveva finito per sprofondare in un sonno agitato, dopo averle fatto promettere di non spegnere la candela. Per evitare incendi, Louise l'aveva appoggiata in un portacandele riempito d'acqua sul fondo, e dopotutto quella luce fioca rassicurava anche lei.

Dopo la partita a Monopoli, interminabile, avevano mangiato le patate cotte sotto le braci, condite con la panna e accompagnate da formaggini di capra. Poi erano saliti per andare a letto. In camera la temperatura non superava gli undici o dodici gradi. E il giorno dopo ci si poteva aspettare anche di peggio. Ma che fare? Se la società elettrica non avesse riparato le linee entro qualche ora, l'ultimo giorno dell'anno rischiava di metterli a dura prova. Magari era il caso di liberare l'auto e tentare di metterla in moto? Probabilmente le strade erano state cosparse di sale, ma non il lungo viottolo che vi conduceva, e dove Louise avrebbe di sicuro slittato finendo in qualche cumulo di neve. Per andare dove, poi? Se pure Fanélie era senza elettricità il problema rimaneva. Anche se un po' di compagnia e la vicinanza del paese erano allettanti...

Florent si rigirò, digrignò i denti, emise un piccolo gemito, poi si calmò. Il paracetamolo gli aveva abbassato la febbre, aveva la fronte tiepida. Per il momento! Anche lì, Louise si sarebbe dovuta mostrare più previdente: nell'armadietto dei medicinali non c'era quasi niente. A sua discolpa, quel dicembre era stato particolarmente gelido, e le nevicate eccezionali.

Se Florent fosse stato in piena forma, forse avrebbero potuto ridere assieme di quel campeggio improvvisato e credersi due avventurieri del Grande Nord. E invece ora Louise iniziava ad angosciarsi per davvero. Senza luce né telefono, le poche case isolate della valle non diventavano forse il bersaglio preferito di vagabondi malintenzionati? I giornali erano pieni di quei fatti di cronaca, non accadeva per forza solo agli altri.

Come aveva già fatto cento volte, tese ancora l'orecchio con attenzione, ma non c'era nulla da sentire. Tutto quel che percepiva, tra un sibilo di vento e l'altro, era il ticchettio della pendola, di sotto. Sul comodino, il cellulare lanciò un segnale sonoro a indicare che la batteria si stava scaricando. Alzandosi su un gomito, cercò con gli occhi il telefonino di Florent. Se ci aveva giocato molto, gli era venuto in mente a un certo punto di ricaricarlo, prima che andasse via la corrente? La prospettiva di ritrovarsi totalmente isolata dal mondo la terrorizzò. Senza far rumore si alzò, si mise subito la vestaglia e le pantofole, poi si avvicinò alla finestra. Ma fuori non c'erano né la luna né le stelle, e continuava a non vedere nulla. A che ora avrebbe fatto giorno?

«Cavolo, non so cosa darei per una tazza di tè!»

Microonde, bollitore e cucina elettrica: non era previsto niente in caso di mancanza di elettricità. Pensò al caminetto, di sotto, dove le ultime braci dovevano ormai rosseggiare. Forse, se avesse messo una griglia sugli alari e una pentola d'acqua sulla griglia...

Un lungo brivido le scese lungo la schiena e tornò a letto. A ogni modo, non voleva scendere e lasciare solo Florent, nel caso si fosse svegliato. E l'idea del pianterreno buio e freddo la scoraggiava.

Non è che te la stai facendo sotto, bella mia?

Se non era paura, poco ci mancava. Angoscia notturna. Nulla di strano per una giovane donna sola di fronte a una situazione imprevista. Louise chiuse gli occhi, cercando di pensare a cose piacevoli. Per esempio, il ruolo che stava imparando e che l'avrebbe riportata sul palcoscenico, facendole ritrovare l'atmosfera delle prove, il suo camerino a teatro, i baretti frequentati dagli attori...

Al piano di sotto qualcosa aveva sfiorato un vetro, mandandolo in pezzi, e Louise si rialzò di colpo. Nello stesso istante il suo cellulare emise un bip sinistro.

«Mamma», sussurrò Florent, «cos'era quel rumore?»

«Ti sei svegliato, amore?»

«Mi fa male la gola.»

«Vuoi che vada a prenderti un po' di miele?»

«No, resta con me!»

Nel giro di un secondo, a Louise venne in mente di trascinare il comò davanti alla porta, per sentirsi più sicura, ma con tutta probabilità quello sarebbe stato il modo migliore per gettare nel panico il figlio.

«Dov'è il tuo telefonino, Flo?»

«In camera mia, ma è scarico.»

Proprio come temeva. Se non prendeva una decisione subito, tra un po' non ne avrebbe più avuta la possibilità.

«Va bene, ascoltami. Adesso noi...»

Un tremendo fracasso di vetri infranti le bloccò la frase a metà. Con il cuore in gola balzò giù dal letto, pronta a difendere il figlio contro chiunque. Non aveva armi in camera, giusto la torcia che si era premurata di portare su e che agguantò con mano ferma. Con gli occhi fissi sulla porta attese quasi un minuto, costringendosi a inspirare con calma.

«Mamma...» si lasciò sfuggire Florent in un soffio.

«*Sss!*»

Nel silenzio che seguì, Louise percepì il rumore del vento che continuava ad accerchiare la casa, ma nient'altro. Se qualcuno era entrato forzando la finestra stava bene attento a spostarsi in silenzio. Certo che dopo aver rotto un vetro con tutto quel fracasso, non aveva senso. Ma che cosa era sensato, quella notte?

Louise attendeva, all'erta, incapace di prendere una decisione. Dov'era meno vulnerabile? Bloccata in quella stanza? Prima che il cellulare morisse avrebbe potuto chiamare i gendarmi, ma non avrebbe saputo bene che cosa dire. Un rumore di vetri poteva avere mille spiegazioni.

Le dita ghiacciate stringevano convulsamente la torcia. Doveva fare qualcosa. Scendere? Rimanere lì con il braccio alzato? Non era neanche mezzanotte: non avrebbe fatto la guardia fino all'alba immaginandosi scenari dell'orrore che avrebbero finito per farla impazzire.

«Devo andare a vedere che succede.»

«No!»

Il grido strozzato di Florent le diede una stretta al cuore. Era suo figlio, un ragazzino che aveva solo la madre per difenderlo. Più lei cedeva al panico, più lo avrebbe terrorizzato.

«Vieni con me», decise.

Con la mano libera afferrò il cellulare e lo infilò nella tasca della vestaglia.

«Stai dietro di me, ok?»

«Ma se c'è qualcuno...»

Louise smise di fissare la porta e si voltò verso di lui, abbozzando un sorriso che sperava fosse incoraggiante.

«Sinceramente, tesoro, non credo proprio. Chi vuoi che venga fin quaggiù, e per quale ragione?»

«Un ladro!»

«Tu guardi troppa tv. Che oltretutto è vecchissima e non interesserebbe a nessun ladro. Se ce n'era uno se n'è andato via deluso! Forza, copriti, e mettiti le pantofole.»

Louise aspettò che fosse pronto, continuando invano a tendere l'orecchio in cerca di rumori. Lasciare la camera era la decisione giusta?

«Ti seguo, mamma», disse Florent con una vocina risoluta.

Ormai Louise non poteva più tirarsi indietro. Quando accese la torcia, per poco non le scivolò di mano, e si accorse che era coperta di sudore freddo. Era proprio ora di muoversi, prima di mettersi a tremare!

Non appena uscita sul pianerottolo ne illuminò meticolosamente tutti gli angoli. Poi si diresse verso le scale e le esaminò rischiarando ogni gradino con il fascio di luce prima di scendere, con Florent alle spalle. Raggiunta l'anticamera si fermò un attimo, tendendo l'orecchio. Dopo qualche istante sentì una corrente d'aria fredda provenire dalla cucina e gelarle le caviglie. Senza esitare, avanzò in quella direzione e si bloccò sulla porta.

«Oh, c'era da immaginarlo...»

Il sollievo le fece tutt'a un tratto salire le lacrime agli occhi. Un lungo pezzo di ramo rotto giaceva sullo sgocciolatoio del lavello, in mezzo ai vetri in frantumi. Cedendo sotto la forza del vento o il peso del ghiaccio, il ramo aveva colpito e rotto il vetro della finestra. Sul pavimento c'era una pozza d'acqua, mentre vicino ai rubinetti i fiocchi di neve cominciavano a formare una piccola montagnetta.

«Abbiamo la spiegazione, angelo mio!»

Ma non la soluzione a quel nuovo disastro. Il freddo che regnava in cucina ben presto avrebbe invaso tutto il pianterreno. Non è che da qualche parte c'era un cartone abbastanza grande e del nastro adesivo, per nascondere quel buco enorme?

«Mi sa che è ora di chiedere aiuto», borbottò frugando in tasca.

Non ci aveva neanche riflettuto, sapeva solo che non avrebbe sopportato oltre quella situazione. Selezionò meccanicamente un numero nella rubrica del suo cellulare.

«Buonasera, sono Louise, mi dispiace svegliarla, io... Ah, non dormiva? Be', meglio. Ecco, ho la batteria quasi scarica e un sacco di problemi... Pronto? Mi sa che finisce! Senta, Florent è malato, c'è una finestra in mille pezzi, siamo senza riscaldamento e senza...»

Il telefonino si era spento nel bel mezzo della frase.

«Chiamavi Grégoire, mamma?»

«Sì», sospirò. «Ma non sono sicura che abbia sentito tutto.»

«Vedrai che viene!» esclamò allegro Florent.

Era sicuro che sarebbe arrivato, mentre lei si chiedeva a che punto si fosse interrotta la comunicazione. Fabre aveva avuto il tempo di capire?

«Per ogni evenienza», decise, «saliamo su a vestirci e riempiamo un piccolo borsone. Ma forse non potrà...»

«Sbrighiamoci, che guida veloce!»

«Su questo ghiaccio guidano tutti a passo d'uomo», replicò lei in tono perentorio.

Tuttavia raggiunse Florent, che batteva i piedi per terra. Una volta imbacuccati, Louise preparò una trousse, prese la borsa e spense la candela in camera. Fecero appena in tempo a scendere che già i fari dell'auto illuminavano la facciata della casa.

Grazie a un generatore, nel *mas* di Grégoire c'era corrente. Per non utilizzarlo in maniera sconsiderata si era limitato a collegare il frigorifero e la cucina, e aveva illuminato la casa con lampade a petrolio.

«Mio nonno le collezionava, ne ho portata giù una cassa intera dalla soffitta e le ho messe un po' ovunque!»

La caldaia a legna ronzava, faceva un bel calduccio in tutte le stanze, compreso nella grande camera degli ospiti dove aveva appena fatto sistemare Louise e Florent con una pila di lenzuola, coperte e asciugamani.

«Se volete farvi un bagno, per l'acqua calda non ci sono problemi... Ma forse avete fame?»

Prima che Louise avesse il tempo di rispondere, pronta a declinare l'offerta, Florent accettò con entusiasmo quella cena inaspettata.

«Non ho mangiato quasi niente tutto il giorno», esclamò, incrociando lo sguardo contrariato della madre.

Grégoire accennò un sorriso divertito e li accompagnò in cucina.

«La cosa migliore è lasciar fare a lei», disse a Louise. «Il frigo è ben rifornito. Io nel frattempo torno a casa vostra a riparare la finestra.»

«Non dirà sul serio, vero?»

«Non possiamo mica lasciare la casa in balia delle correnti d'aria. Con un pezzo di compensato e qualche chiodo ci metterò un attimo. Poi dovrà chiamare un vetraio, ma tra lo stato delle strade e il 1° gennaio che è festa, non verrà nessuno prima di due o tre giorni. Nel frattempo, l'interno rischierebbe di trasformarsi in un igloo!»

Mentre parlava si era rimesso il parka, e aggiunse allegro: «Ho un certo appetito anch'io, pensi in grande per il menu!»

Sbalordita, Louise gli consegnò le chiavi e lo guardò uscire. All'una di notte si ritrovava in una cucina sconosciuta con l'incarico di preparare una cena! Certo, quel momento era molto più piacevole di tutto ciò che lo aveva preceduto, ma si sentiva un po' sulla difensiva, come quasi sempre in presenza di quell'uomo.

Una lampada a petrolio era appoggiata sul davanzale interno della finestra, altre tre lungo il piano di lavoro e l'ultima sul tavolo. Emanavano una luce soffusa, calda, e sufficiente a preparare qualcosa. Louise controllò innanzitutto il contenuto del frigorifero, dove trovò una confezione di panna, alcune uova e della pancetta affumicata.

«Se c'è un pacco di pasta faccio gli spaghetti alla carbonara», borbottò.

Subito, Florent si sentì autorizzato ad aprire tutti gli armadietti.

«Sì, mamy, c'è! Devo apparecchiare?»

«Va bene, ma stai attento a non rompere nulla.»

Suo figlio sarebbe dovuto essere a letto, a quell'ora. Che fine avevano fatto la febbre e il mal di gola? Inutile parlargliene per il momento: non l'avrebbe certo ascoltata, eccitato com'era.

«Hai visto i cani, mamma? Ci tengono d'occhio!»

I due bovari, seduti fianco a fianco sulla soglia della lavanderia, li osservavano scodinzolando. Florent, senza averne minimamente paura, andò ad accarezzarli, estasiato dalla piega che aveva preso la serata. Se non altro avrebbe avuto qualcosa da raccontare ai compagni, una volta tornato a scuola!

«Perché non ne prendiamo uno anche noi, di cane?»

«Perché bisogna occuparsene, tesoro.»

«Posso farlo io!»

Era sul punto di ribattere, ma non lo fece. In effetti non c'era nulla che impedisse loro realmente di avere un animale in casa. Un cane da guardia sarebbe stato persino auspicabile, vista l'esperienza che avevano appena vissuto. Qualche anno prima Xavier aveva affermato che non gli piacevano né i cani né i gatti ma, dopotutto, non gli piacevano neanche i bambini! E ormai il suo parere non contava più: Louise era libera di fare quello che voleva.

Sorpresa nello scoprire una batteria da cucina ultramoderna e una gran varietà di utensili, scelse una grossa pentola milleusi per mettere a bollire l'acqua. L'atmosfera calorosa e confortevole di quella casa la metteva di buonumore, tanto che si sorprese a fischiettare mentre cercava il sale grosso.

Mercoledì 31 dicembre

«È DAVVERO seccante», esultò Grégoire.

Il suo interlocutore si lanciò in una serie di spiegazioni che non ascoltò minimamente. Sapere che le linee non sarebbero state ristabilite prima di almeno ventiquattr'ore era proprio una buona notizia, per lui. Louise e Florent sarebbero quindi rimasti bloccati in casa sua fino al giorno dopo, cenone compreso!

Ringraziò l'impiegato dei servizi tecnici e riagganciò. Per il momento non aveva percepito segni di vita provenire dalla camera degli ospiti: madre e figlio, a quanto pareva, recuperavano la stanchezza del giorno prima e probabilmente si sarebbero alzati tardi. Aveva tutto il tempo che voleva.

Abbandonò la quiete dell'ex piccionaia trasformata in studio e si spostò in cucina; prima di uscire lasciò un biglietto in bella vista sul tavolo. Faceva un freddo da spaccare le pietre, ma almeno non nevicava più e il vento si era calmato. Esaminando il cielo plumbeo, però, Grégoire previde nuove intemperie. D'altronde il vecchio barometro di Antonin era sempre al minimo. Mise in moto la Land Rover, parcheggiata al riparo sotto il fienile, e guidò in direzione di Mouriès. Appena sveglia, Louise si sarebbe di certo preoccupata per la sorte di Fanélie, tanto valeva sistemare subito il problema e approfittarne per fare qualche spesa in paese.

L'anno che terminava quella sera gli portava, in extremis, uno strano regalo: si stava innamorando! Benedizione o maledizione? Aveva davvero voglia di sentire il cuore battere, di ingarbugliarsi nelle frasi come un ragazzino, di attendere con ansia, disperatamente, uno sguardo o un sorriso?

Mentre faceva quei pensieri, le ruote della 4 x 4 mordevano il ghiaccio. Louise si era mostrata molto riconoscente per il suo intervento, ma soprattutto per via di Florent, sostenendo che non lo avrebbe mai chiamato in piena notte se si fosse trattato di lei soltanto. «Ho approfittato ancora una volta della sua gentilezza, mi scusi tanto.» Parole cortesi, niente di più, nessuna simpatia o complicità, in quei ringraziamenti. Avevano parlato un po' mentre divoravano gli spaghetti, e lei aveva trovato il modo di accennare per ben due volte a Marc...

Giunto a Mouriès Grégoire si fermò prima di tutto da Fanélie, con cui scambiò due chiacchiere, poi fece un salto in cours Paul-Révoil e passò alla drogheria *Fadda* e alla panetteria *Toison d'or*. Ovunque non si parlava d'altro che dell'interruzione di corrente, del pilone crollato che aveva causato i danni, del comune che apriva le porte ai più poveri organizzando un refettorio e un dormitorio. Quanto al cenone di quella sera, erano guai: non si trovava più una sola candela in vendita in tutto il paese.

Ripresa la strada che portava a Salon, Grégoire notò l'insegna di un fioraio, e dopo una breve esitazione parcheggiò per andare a comprare ventun rose che pagò un occhio della testa.

«Farai la figura del fesso col tuo mazzo di fiori, mio povero ragazzo!» borbottò a più riprese sulla strada di casa.

Quand'era l'ultima volta che aveva regalato dei fiori a una donna? E con quale scusa contava di farlo? Magari avrebbe potuto metterli direttamente in un vaso e portarli in camera di Louise quando lei non c'era...

Nell'aprire la porta di casa lo accolse un profumino di pane tostato. Qualcuno stava preparando la colazione. Louise era splendida, con i lunghi capelli ancora umidi e il maglione chiné a collo alto.

«Ho rifatto il caffè», annunciò aiutandolo con la spesa. «Florent dorme ancora, scotta un pochino ma credo stia meglio. Lei è parecchio mattiniero!»

«Torno adesso da Mouriès, sono passato a trovare Fanélie. Non le manca niente – ha la sua cucina a gas e la stufa a legna – ma era preoccupata per voi. Ospita la cugina e una vicina di casa, perciò si prepareranno una bella cenetta. È davvero una vecchina formidabile.»

«In realtà non è molto anziana, ma è vedova da vent'anni e non cura molto il suo aspetto. Che pensiero gentile, è stato un amore a essersi fermato da lei.»

Quell'espressione fece salire un brusco calore alle guance di Grégoire, che si voltò, imbarazzato. Appoggiò il mazzo di fiori su un piano di lavoro, lo contemplò un attimo poi tolse il cellofan. Con gesti precisi recise i gambi in obliquo, tolse qualche foglia e mise i fiori in un grande vaso.

«Ecco fatto», disse senza voltarsi, «sono per rallegrare un po' la sua stanza... perché credo che sarà costretta a restare qui. A quanto pare la società elettrica non è in grado di riparare le linee prima di domani o dopodomani.»

Si decise a guardarla in faccia e la scoprì contrariata.

«Ma forse lei aveva altri progetti?» si affrettò ad aggiungere. «Se vuole che la accompagni a casa di amici o...»

«No, no! Non avevo programmato niente, assolutamente niente.»

Louise si lasciò cadere su una sedia, con l'aria a un tratto abbattuta.

«Sa, non conosco molta gente. Gli attori si spostano di continuo, non c'è il tempo di allacciare rapporti duraturi. E i miei rari amici sono lontani.»

«Come, non è della zona?» si stupì Grégoire.

Un resto di accento cantilenante la tradiva, per quando dovesse aver cercato di cancellarlo.

«Sono originaria di Montpellier.»

«Ha ancora parenti, lì?»

«No, non più. Ho perso mio padre giovanissima, e mia madre cinque anni fa. Quando mi sono trasferita qui, con mio marito e mio figlio, eravamo troppo presi dai nostri rispettivi lavori e dalla ristrutturazione della casa. Non avevamo tempo per far conoscenza con i vicini. Prova ne è che non sapevo neanche che lei esistesse. E sì che non abitiamo poi così lontano!»

Annuendo, Grégoire la incoraggiò a continuare.

«Sa in questo momento», confessò Louise, «la mia vita è un po' caotica.»

«E l'interruzione di corrente è stata la goccia che ha fatto traboccare il vaso?»

«Sì, possiamo dire così. Questi ultimi giorni sono stati difficili. Questi ultimi mesi, direi! Ma c'è chi sta peggio di me!»

Il momento delle confidenze sembrava passato, si stava riprendendo. Per metterla a suo agio Grégoire disse, con un gran sorriso: «Comunque, non si preoccupi per stasera, ci faremo una bella cenetta di gala. Bisogna pur festeggiare l'anno nuovo!»

«Neanche lei aveva programmato nulla?» si stupì Louise.

«Sì, ma visto lo stato delle strade... Ero invitato dai genitori di Marc, che abitano a Aigues-Mortes, e francamente è troppo lontano. Anzi, chiamerò Marc: credo che nemmeno lui voglia mettersi in strada. Se preferisce unirsi a noi, al limite lo andrò a prendere, la Land Rover passa ovunque.»

Vide che Louise si mordeva le labbra per non rispondere troppo in fretta. La prospettiva di avere la compagnia di Marc sembrava rallegrarla di più di un tête-à-tête con lui.

«Mi sentirei più sicura se potesse dare uno sguardo a Florent», rispose con gentilezza.

Era per rispetto nei suoi confronti? Pensava forse che si sarebbe offeso dell'interesse che provava per Marc?

«Non si preoccupi, non sono un tipo suscettibile», disse ridendo.

Questa volta era riuscito a farla arrossire: capirai che vittoria!

«Che vuol dire?» mugugnò lei.

«Louise... lei è a casa sua qui, come ospite, come amica. Nient'altro.»

Lasciando il vaso di rose sul piano di lavoro andò a sedersi di fronte a lei e si servì una tazza di caffè, che assaporò a piccoli sorsi.

«Ora vado a portar fuori i cani: la neve li fa impazzire di gioia!»

Chiamò i due bovari, si rimise il parka e uscì. Per qualche istante Louise rimase immobile, quasi sconcertata dalla loro conversazione. Certo che quel Grégoire era una persona proprio strana, piuttosto difficile da inquadrare. Poteva dargli fiducia e mostrarsi amichevole? Lasciarsi un po' andare?

Florent dormiva e lei non aveva niente da fare, così si mise a sistemare la cucina, poi andò in soggiorno, dove indugiò un attimo. L'arredamento era piuttosto curato, autentico ma non obsoleto, e Louise si stupì che un uomo brusco come Grégoire avesse trovato il tempo per scegliere le tende, collocare al posto giusto ciascuno dei pesanti mobili provenzali, perfezionare alcuni dettagli come gli ornamenti pastello attorno alle finestre.

Passando sotto l'arco che dava sulla piccionaia, diede un'occhiata a quella grande stanza tappezzata di libri. Al centro, una lastra di vetro appoggiata su cavalletti di ferro battuto fungeva da scrivania. Tra i dossier aperti e una gran confusione di fogli sparsi, un computer ultrapiatto se ne stava accanto a un vecchio dizionario spiegazzato.

«Eh sì, mi stupisce proprio...»

Si avvicinò alle mensole per decifrare qualche titolo di libro. Romanzi gialli, classici dell'Ottocento, un'intera fila consacrata a Frédéric Mistral e ai poeti provenzali, ma anche numerose opere in inglese.

Ma tu guarda, è pure bilingue, adesso?

Era molto diverso dall'idea che si era fatta di lui, dall'immagine che aveva, in generale, del contadino delle Alpilles. Si sentì ingiusta, e tutt'a un tratto molto indiscreta. Nel riattraversare la piccionaia notò, appoggiato in bella vista accanto al telefono, il programma del *Cid*. Per quale motivo l'aveva conservato? Come ricordo di una serata a teatro?

«Ciao, mamy...»

Ancora mezzo addormentato e con i capelli arruffati Florent la abbracciò, poi si guardò intorno con curiosità.

«È bellissimo, qui! Hai visto quanto sono in alto le finestre?»

«Una volta era una piccionaia, e immagino che Grégoire si sia accontentato di ingrandire le aperture esistenti, invece di crearne altre.»

«Perciò non si vede che tempo fa. Nevica ancora?»

«Per ora no. Ma fa freddissimo. Come ti senti stamattina?»

«Ho trentotto e tre», annunciò tirando su con il naso.

Louise gli riferì che sarebbero rimasti lì fino all'indomani o al giorno dopo ancora, e lui la squadrò, incredulo.

«Davvero?»

«Non si può fare altro, mi dispiace.»

«Be', a me no!»

La sua aria radiosa lo provava: passare l'ultimo dell'anno a *Lou Roucas* sarebbe stato una festa per lui.

«Dov'è Grégoire?»

«È uscito con i cani.»

«Oh, uffa! Avrei voluto accompagnarlo...»

«Stai scherzando? Forza, vieni a fare colazione, non dovremmo neanche stare in questo studio.»

Scuotendo la testa, Florent affermò di non avere fame e che preferiva salire a farsi una doccia e a vestirsi. Probabilmente non voleva perdersi i prossimi festeggiamenti, convinto che in quella casa accadessero di continuo cose incredibili.

Louise ne approfittò per salire a rifare il letto e a sistemare la stanza. Mentre sbatteva il piumone si chiese se Grégoire avesse una donna delle pulizie o provvedesse lui stesso a mettere in ordine. Non c'era polvere sui mobili ben incerati, nessuna ragnatela negli angoli, la biancheria che aveva dato loro era stirata alla perfezione e profumava di lavanda.

Prese dal borsone il testo della commedia che aveva portato con sé per riflesso, insieme alla trousse e ad alcuni indumenti intimi. Voleva essere in osmosi con il personaggio, una volta iniziate le prove, e per oltre un'ora lavorò per appropriarsi delle battute e identificarsi con il ruolo.

Uno scoppio di risate la sottrasse bruscamente ai suoi pensieri. Per un istante si chiese dove si trovava, tanto aveva perso contatto con la realtà. Giunta a pianterreno, si lasciò guidare dalle voci e raggiunse la cucina.

«È suo figlio che ci prepara il pranzo!» annunciò Grégoire.

Era un piacere vedere l'allegria di Florent, mentre preparava un'insalata di ruchetta, mais e pezzetti di caprino.

«Marc ci raggiunge stasera, ha fatto mettere le gomme da neve all'auto per circolare meglio.»

Grégoire tagliò delle fette sottili da un grosso prosciutto nostrano, delicatamente.

«Gradisce un bicchierino di rosé come aperitivo? Ho un Costières de Nîmes bello tosto...»

«In genere non bevo alcolici a mezzogiorno, ma visto che è tutto sottosopra, accetto volentieri!»

Fuori, la neve cadeva di nuovo a piccoli fiocchi ghiacciati.

«Non ricordo di aver mai visto un inverno del genere», disse Grégoire versando il vino.

«Eppure lei è ben attrezzato per affrontarlo. Quando penso a ieri sera, mi rendo conto di quanto sia stata imprevidente.»

«Abbiamo avuto una paura!» rincarò la dose Florent.

Il sorriso indulgente di Grégoire irritò Louise. D'accordo, li aveva tratti d'impiccio, ma lui non aveva nulla da temere con la sua statura da taglialegna, i suoi molossi a difenderlo e, probabilmente, un fucile a portata di mano.

«Posso rendermi utile?» chiese Louise con una certa rigidità.

La tavola era apparecchiata, il pane già tagliato, e la sua domanda parve assai superflua. Grégoire la avvolse con uno sguardo indecifrabile prima di suggerire: «Si lasci andare, per una volta...»

Perché non riusciva a essere naturale? Florent se la

sarebbe presa con lei, se gli avesse rovinato la giornata. E avrebbe avuto ragione.

«Ma sì, lo bevo volentieri un altro po' di rosé!» finì per dire, il più allegramente possibile.

Grégoire le riempì il bicchiere, poi accese lo stoppino di una lampada a petrolio.

«Fuori si fa sempre più buio, è brutto segno.»

Si mise davanti alla portafinestra, che copriva quasi del tutto con la sua stazza, e osservò il cielo cupo.

«E se è la fine del mondo?» scherzò Florent raggiungendolo.

Inaspettatamente, vederli fianco a fianco commosse Louise. Suo figlio aveva l'aria così vulnerabile, e sembrava ricercare la protezione di un uomo.

«È solo la fine dell'anno», gli rispose Grégoire. «Ne comincerà un altro.»

Appoggiandogli una mano sulla spalla, lo spinse verso la tavola.

«Assaggiamo la tua insalata, grande chef? E se è buona, oggi pomeriggio ti presto il mio computer. Sempre che tua mamma sia d'accordo.»

«Di' di sì, mamy!»

«Certo, ma...»

«Ha un'autonomia di quattro ore, c'è di che divertirsi. Se serve, poi lo ricarico collegandolo al generatore.»

Louise si rimangiò appena in tempo il «è molto gentile da parte sua» che stava per pronunciare a fior di labbra. Ovviamente, la sua proposta era più entusiasmante di una partita a Monopoli, e bisognava pur tenere occupato Florent, che non poteva uscire.

«Ma lo sai usare?» chiese soltanto.

«Ce li abbiamo, a scuola!»

«Perfetto, allora.»

Pranzarono chiacchierando del più e del meno, poi lavarono insieme i piatti. Dopodiché Louise affermò di aver bisogno di una pennichella e salì fino alla stanza degli ospiti, mentre Grégoire accompagnava Florent nello studio. Ma nonostante la stanchezza Louise non aveva sonno, e neanche il coraggio di rimettersi al lavoro. Stesa sul grande letto soffice cercò di rilassarsi. Non essere a casa sua – e non aver niente da mettersi a cena – la infastidiva un po'. Tuttavia, era fortunata a trovarsi con Florent in quella casa accogliente, lo sapeva bene. In quel momento suo figlio si divertiva, e più tardi sarebbe stato visitato da un medico: che cosa chiedere di più? Non appena fosse tornata la corrente sarebbe potuta rientrare a casa. D'altronde, quel tempo da lupi non sarebbe durato in eterno, e presto la vita sarebbe tornata alla normalità.

Ma cos'era normale? Florent conduceva una vita normale? E lei? Correre da un teatro all'altro senza una vera prospettiva per il futuro, temere le fatture e il sempiterno richiamo all'ordine della banca, addormentarsi sola ogni sera: era davvero normale a trentatré anni? In fin dei conti, avere talento non le serviva a granché, e le sue illusioni morivano l'una dopo l'altra. Quella che aveva chiamato indipendenza era solo precarietà, e quello che aveva creduto il grande amore si concludeva con un divorzio sordido.

Chiudendo gli occhi si rivide, la sera prima, armata di quella torcia ridicola, paralizzata dalla fifa, incapace di prendere una decisione razionale. Per tutto l'anno cercava di essere una buona madre, e alla fine passava per una scriteriata. Grégoire non aveva commentato, ma che giudizio si era fatto di una donna così stupida da non avere in casa né medicine né ciocchi di legna né candele di scorta? Aveva preso in simpatia Florent, perciò veniva tranquillamente in suo aiuto, come per rimediare in qualche modo alle mancanze di Louise! Quanto bastava per renderla pazza di rabbia e frustrazione.

Nonostante le due grandi finestre, la stanza era immersa nella penombra. Fuori la tempesta di neve infuriava senza sosta, rendendo gli spostamenti quasi impossibili. Se Marc li avesse raggiunti, l'avrebbe fatto per amicizia verso Grégoire o con un'altra idea in testa? Louise sapeva di piacergli, l'aveva capito al primo sguardo.

Divertita, contò sulle dita. Erano passati solo dieci giorni da quando aveva varcato per la prima volta la soglia di *Lou Roucas*, morta di spavento e spingendo da parte un poliziotto. Subito, Marc le era risultato simpatico, e Grégoire insopportabile. Un'impressione reciproca, stando al sorriso caloroso del primo e al ghigno sprezzante dell'altro!

Se ne stava sdraiata sul fianco, con la guancia sprofondata nel cuscino di piume, e si sentiva invadere da una dolce sonnolenza. Era davvero pronta a interessarsi a un uomo? Aveva davvero voglia di amare di nuovo? La ferita che le aveva inferto Xavier ci avrebbe messo tempo a rimarginarsi. E Louise non ci teneva a diventare una di quelle madri single totalmente devote ai propri figli, ma che finiscono molto spesso per soffocarli. Inacidirsi da sola nel suo angolino non era il modo migliore per rendere felice Florent. Doveva essere vitale per il bene di suo figlio, e quindi doveva pensare a ricostruirsi una vita.

In piedi in fondo al letto, Florent guardava la madre addormentata. Con i lunghi capelli sparsi sul cuscino era bella come le principesse disegnate nei libri di fiabe. Sfortunatamente quella sera non avrebbe potuto indossare uno di quei magnifici vestiti che portava a teatro, e nemmeno un abitino semplicissimo, visto che non si erano portati dietro niente a parte la biancheria!

Deluso, Florent sperò che nella trousse avesse almeno qualcosa con cui truccarsi, con cui farsi due affascinanti occhi da cerbiatta dalle ciglia lunghissime. Ma anche così com'era, con i jeans di velluto e il maglione a collo alto, Grégoire l'aveva guardata comunque come una principessa per tutto il pranzo. Il genere di sguardo che hanno gli eroi dei film prima di dichiararsi.

Il ragazzino posò con cautela sul comò la lampada a petrolio che Grégoire gli aveva dato per salire. E visto che gli aveva anche mostrato come funzionava, accese quelle che si trovavano sui comodini. Così illuminata, la camera sembrava ancora più grande e accogliente.

Si sedette sul letto, soffocando uno sbadiglio e sfregandosi gli occhi. Il pomeriggio era passato a tutta velocità, prima con il computer che aveva giochi di tutti i tipi – compreso un flipper che emetteva suoni pazzeschi! –, poi grazie a Grégoire che mentre montava alcune mensole gli aveva spiegato come usare certi attrezzi. Con lui era tutto semplice, tutto diventava divertente.

Florent si rimproverava confusamente di fare dei confronti, ma ricordava ancora il malumore del padre durante i lavori di casa, e il modo in cui gli proibiva di toccare qualsiasi cosa. «È pericoloso, ti sporchi, mettilo giù, vai a giocare da un'altra parte!»

No, non si sarebbe rimesso a pensare a suo padre. Ogni volta che lo faceva si sentiva così infelice. Nella sua testa si agitavano sentimenti contraddittori: delusione, rancore, senso di colpa. Un bambino non deve odiare il padre, lo sanno tutti, ma come poteva continuare ad amare colui che si sarebbe «sbarazzato volentieri del marmocchio», che non dava più segni di vita da un'eternità, e poi si rifaceva vivo all'improvviso senza avvertire, aggressivo e distante? Lo schiaffo, al limite, Florent avrebbe potuto dimenticarlo, ma non quello sguardo indifferente. Ah, tutte quelle notti in cui aveva sognato il suo ritorno! Piangendo in silenzio nel cuscino, immaginando le sue braccia tese verso di lui e le sue parole dolci, vedendosi già saltellare tra i genitori riconciliati... E tutte quelle mattine prima di Natale, quando non aveva potuto fare a meno di correre fino alla buca delle lettere, rimasta completamente vuota. Era stato uno sciocco ad averci creduto, davvero.

Louise si stiracchiò, aprì gli occhi e accennò un sorriso.

«Ho dormito come un sasso», disse con voce impastata. «E tu, amore mio, non ti sei annoiato troppo?»

Florent, loquace, le raccontò tutto quello che aveva fatto, compresa una merenda gigante verso le cinque.

Poi Grégoire gli aveva prestato la macchina fotografica digitale per fare delle foto al presepe! Delle *foto*: suo figlio insistette su quella parola, e la ripeté. Ancora una cosa che il padre non si era degnato di insegnargli, vietandogli ostinatamente di toccare il suo materiale professionale. Capì che la madre aveva afferrato al volo il messaggio, perché allungò la mano verso di lui, gli accarezzò la guancia con una tenerezza infinita.

«Ma che ore sono?» mormorò Louise.

«Le sei e mezzo.»

«D'accordo, mi andrò a rinfrescare, poi scendo a vedere se posso aiutare a preparare la cena. Immagino che mangeremo tardi. Dovresti approfittarne per riposare, hai due occhi...»

Senza farsi pregare, Florent si stese e si tirò su il piumino.

«Mi svegli in tempo, mamma?»

«Promesso, non ti perderai niente.»

«Prendi la lampada sul comò, è quella che serve per spostarsi», disse, perentorio.

Louise scosse la testa con un nuovo sorriso. Il figlio sembrava così a suo agio e sicuro di sé in quella casa, che già si stava addormentando. Si rimise gli stivaletti e uscì in corridoio, lasciando la porta socchiusa. In effetti il minimo che potesse fare era dare una mano a Grégoire per i preparativi del cenone. Oltretutto, di lì a poco sarebbe arrivato anche Marc. Ma per prima cosa voleva truccarsi e pettinarsi, non potendosi vestire bene. Pensando a uno chignon sofisticato, seguì il corridoio e aprì la porta del bagno.

«Oh, mi scusi!»

Colpita, si fermò un attimo, poi si voltò e uscì immediatamente. Come poteva essere così distratta da fare cose simili? E perché era rimasta inerte, anche solo per un misero secondo, di fronte a Grégoire nudo sotto la doccia? Va bene, d'accordo, lui avrebbe potuto chiudere la porta a chiave, ma dopotutto era a casa sua, e poteva fare quello che voleva!

Imbarazzatissima, cercò qualcosa da potergli dire per scusarsi. Prima si allontanò, poi tornò sui suoi passi. Con un'illuminazione normale non si sarebbe sbagliata. Purtroppo, quelle bellissime porte scolpite si somigliavano tutte, impossibile distinguere le camere, i bagni o qualsiasi altra stanza! Solo che, logicamente, il bagno degli ospiti si trovava prima di quello di Grégoire. Louise aveva constatato il proprio errore nel momento in cui aveva visto lui, ma anche mattonelle diverse e una doccia al posto della vasca da bagno.

Eppure, sei rimasta lì come un'idiota, a guardarlo...

Aveva la lampada a petrolio sempre in mano, ancora incerta sul comportamento da tenere, quando lo sentì uscire.

«Louise?»

«Mi dispiace tantissimo», farfugliò lei. «È da stupidi, mi sono sbagliata. Mi scusi tanto.»

Indossava un accappatoio di spugna grigio ardesia, aveva ancora i capelli bagnati e la guardava con un imbarazzo evidente.

«Non importa», finì per dire. «A forza di vivere quasi nel buio, uno finisce per perdersi... Il suo bagno è là.»

«Sì, me ne sono resa conto dopo. Senta, vado a truccarmi, poi scendo ad aiutarla.»

«Faccia con comodo, Marc non arriverà prima delle otto.»

Perché le parlava sempre di Marc? Con un sorrisetto tirato, Louise aprì la porta giusta e si precipitò nel bagno degli ospiti. Appoggiata al battente fece un respiro profondo, poi si morse le labbra per controllare un'irrefrenabile voglia di ridere. Prima di provocare un'altra catastrofe posò la lampada sul bordo del lavandino, proprio sotto lo specchio. L'aspetto comico della situazione le fece venire due o tre singulti silenziosi, mentre si piegava in due. Povero Grégoire, una bella sfortuna, per lui, essere costretto a ospitare l'insopportabile vicina! Di sicuro stava segretamente pregando che la luce tornasse, impaziente di riportare a casa madre e figlio per poter riprendere il normale corso della sua vita.

Certo, come no. Non raccontar balle; ti diverte l'idea di averlo sorpreso come mamma l'ha fatto, eh?

L'incidente non aveva nulla di drammatico; oltretutto, contrariamente a quel che si era immaginata, Grégoire non era un omone grassoccio, ma un tipo fantastico, tutto muscoli e con un fisico da atleta.

Tornando seria, Louise si osservò nello specchio con occhio critico. Visto che le circostanze facevano sì che quella sera cenasse con due uomini che conosceva appena, e senza niente da mettersi a parte un vecchio paio di pantaloni lisi di velluto, decise che avrebbe curato almeno il viso.

* * *

Con il palmo della mano, Grégoire appianò una falsa piega sulla tovaglia. Aveva avvicinato un po' il tavolo rotondo al caminetto e aveva apparecchiato per quattro. Essendo cresciuto in una casa senza donne trovava del tutto naturale occuparsi di quel genere di dettagli. Un modo d'essere che Jane apostrofava allegramente dicendogli: «Sei un vero uomo di casa!» Doveva esserlo per forza, perché Antonin apparteneva a una generazione in cui il marito non muoveva un dito. Certo, per crescerlo suo nonno aveva imparato a usare un ferro da stiro o i programmi della lavabiancheria, ma non aveva mai prestato la benché minima attenzione alle piccole cose quotidiane, come una bella tavola apparecchiata, un vaso di fiori, la lavanda in fondo agli armadi. Grégoire, invece, osservava quel che accadeva a casa degli altri, per esempio dai genitori di Marc, e non esitava a rifarlo a *Lou Roucas*. Talvolta Antonin era divertito dalle iniziative del nipote, ma lo lasciava fare, sorpreso ma non scontento di veder riapparire l'argenteria ben lucidata o di riscoprire un servizio di ceramica dimenticato da tempo in cima a una credenza.

Da lì a chiamare Grégoire – che passava tutte le giornate fuori – «uomo di casa», ce ne passava, comunque. Fece due passi indietro, e si reputò soddisfatto del risultato. Diversamente dalla cena di Natale, dove aveva privilegiato l'oro e il rosso, la decorazione per quella sera andava sui toni del bianco e del blu, con piccoli tocchi d'argento.

Alzando la testa, Grégoire udì la voce di Marc, che doveva aver finito di auscultare Florent. Come gli aveva chiesto per telefono, l'amico era arrivato in jeans e maglione, piuttosto contento di non dover mettere la cravatta, anche se aveva brontolato pro forma: «Ah sì? Finiamo l'anno come straccioni?» Ma non se ne parlava di offendere Louise che non aveva con sé abiti da sera.

Cavolo, quanto gli piaceva quella donna! E dire che avrebbe passato la serata a guardare Marc fare il suo numero di seduzione... Quanto a lui, si era già messo abbastanza in ridicolo, sorpreso nudo come un verme con gli occhi pieni di shampoo, mentre arrossiva fino alle orecchie; proprio lui, che non era pudico né timido.

«Il piccolo ha la bronchite», annunciò Marc scendendo di corsa le scale. «Mi sono portato dietro un po' di medicine, potrà cominciare subito la cura.»

«Niente di serio?»

«No, nulla di cui preoccuparsi. Ci mettiamo ai fornelli?»

«Se sei cotto, me la sbrigo da solo.»

«Hai intenzione di avvelenarci o cosa? È vero che in questo periodo le giornate sono dure, ma cucinare mi rilassa. L'agnello è scongelato?»

«L'ho tirato fuori stamattina.»

«E mi garantisci che è stato nutrito con il fieno della Crau?»

«Marc... Credi che mi faccio fregare proprio su un agnello?»

«Va bene, allora supererò me stesso.»

«Ti conviene.»

«Per via della nostra ospite?»

Lo sguardo scintillante di Marc rivelava le sue intenzioni, ma Grégoire si limitò a correggerlo: «I nostri ospiti. Vedi di fare in modo che il condimento piaccia anche a Florent».

Il suo pomeriggio in compagnia di Florent era stato un vero piacere. La curiosità del ragazzino, la sua gentilezza, l'impazienza che si sforzava di contenere, e persino la goffaggine, tutto aveva fatto ricordare a Grégoire i momenti condivisi con Liz. La sua piccola Liz, che non aveva avuto la fortuna di crescere e che lui certe notti sognava ancora.

Erano appena approdati in cucina, quando Louise li raggiunse, ben decisa a dare una mano. Sbirciandola, Grégoire notò che un trucco discreto ne metteva in risalto gli occhi, e che i capelli, sollevati in uno chignon, lasciavano scoperta la nuca delicata. La voglia di posarvi la mano fu così forte che Grégoire si voltò, smarrito. Prese il vaso di rose, lasciato lì dalla mattina, e lo spostò sul davanzale.

«Preparo un *tian* di zucchine per accompagnare il carré d'agnello», annunciò Marc, «perciò, se qualcuno volesse sbucciarle e tagliarle...»

«Ci penso io», rispose in fretta Louise.

«Ci sarebbero anche i pomodori da far sbollentare e pelare.»

«D'accordo.»

«E io cosa posso fare?» chiese Florent con una vocina timida.

Troppo eccitato per rimanere a letto, aveva seguito la madre con la palese speranza di non farsi sgridare.

«Ti ho promesso le frittelle alle acciughe come aperitivo», gli ricordò Grégoire con una strizzatina d'occhi. «Tu ti occuperai dell'impasto.»

«Ma non so come...»

«Te lo spiego io: tu pesi e mescoli, ci stai?»

L'aria raggiante del figlio fece sorridere Louise.

«Certo che oggi gliene ha insegnate, di cose!»

Non sembrava gelosa del ruolo di mentore che si era attribuito con Florent, e a ogni modo non temeva più di lasciarli soli. Si decideva finalmente a concedergli fiducia?

«Sarà una cena improvvisata con quel che c'è», precisò Marc. «No, davvero, che settimana spaventosa! Ci sono centinaia di case senza elettricità; ho fatto alcune visite in condizioni difficilissime, ve l'assicuro. La gente non capisce più niente, appena qualcosa non gira per il verso giusto.»

«Sono stata la prima a lasciarmi sorprendere», riconobbe Louise. «Senza l'intervento di Grégoire non avrei saputo che fare.»

«Non mi riferivo a lei», si affrettò ad aggiungere Marc. «Una donna sola con un bambino febbricitante... E chi poteva immaginare che questo tempaccio sarebbe durato in eterno?»

Contrariato per la gaffe, Marc si mise a spalmare la carne con una preparazione a base di salvia e aglio.

«Per tornare al nostro menu, l'agnello di solito si fa a Pasqua, ci scostiamo dalle tradizioni!» ridacchiò.

«Non ce ne sono quasi per San Silvestro», fece notare Grégoire.

«Lei è molto legato alle usanze provenzali, o mi sbaglio?»

«Era soprattutto suo nonno a tenerci», rispose Marc al posto di Grégoire.

Quest'ultimo prese subito le difese di Antonin, come ogni volta che si parlava di lui.

«All'epoca, la gente non aveva granché da fare d'inverno, non possedevano né la televisione né nient'altro, e le feste andavano da Santa Barbara, il 4 dicembre, quando si seminava l'omonimo grano, fino alla Candelora, il 2 febbraio, il giorno in cui si smontavano i presepi. E a partire dalla festa dei Re, la prima domenica di gennaio, ci si rimpinzava di ciambelle ai frutti canditi in cui era nascosta la fava tostata. Ma che io sappia, l'unica abitudine per l'*an nou*, l'anno nuovo, era di rimanere in famiglia e aspettare la mezzanotte per baciarsi.»

«Cosa che faremo tra poco!» sottolineò Marc con una risata gioiosa.

Grégoire l'aveva visto all'opera quanto basta per riconoscere quell'aria da conquistatore, e dal momento che anche Louise si era messa a ridere, un po' troppo forte, si scostò per lasciarli divertire tra di loro. Florent aspettava, con la testa bassa e il cucchiaio di legno immerso nell'impasto. Quando alzò lo sguardo su Grégoire, aveva una strana espressione, preoccupata e al contempo delusa.

«Tutto bene, ometto? Mescola ancora un po', mi sembra che abbia la consistenza ideale.»

«Adoro le frittelle alle acciughe», disse Louise.

Si trovava proprio dietro a Grégoire, senza che lui l'avesse sentita avvicinarsi. Forse voleva fare un complimento al figlio, o solo dare un'occhiata all'impasto, ma mise una mano sulla spalla dell'uomo e la lasciò lì qualche istante.

«Non è che ha un grembiule da prestarmi? Mi sono appena macchiata il maglione e non ne ho altri.»

Grégoire dovette spostarsi per guardarla in faccia, e la mano di Louise lasciò la sua spalla. Una lunga striscia di pomodoro le macchiava il collo.

«Con una delle mie camicie si potrebbe fare un vestito, ma provi comunque a guardare nell'armadio in camera mia, magari trova qualcosa che fa al caso.»

Louise prese una delle lampade e lasciò la stanza, mentre lui la seguiva con lo sguardo, desolato per lei. Nello stesso genere di circostanze, Jane si sarebbe fatta venire una crisi di nervi o sarebbe rimasta tutta la sera con il muso lungo.

«Ecco fatto!» annunciò Marc.

Infornò il carré d'agnello e posò il *tian* di zucchine sul ripiano sotto.

«Ti faccio spazio per la frittura. Che ne dici se ci beviamo qualcosa?»

«Lo champagne è in frigo. Cosa ti va, Florent? Una Coca?»

«Le sere di festa posso berla», affermò il ragazzino.

Mentre Marc si occupava delle bevande, Grégoire mise a scaldare l'olio. Stava controllando la temperatura quando Louise tornò, con un sorriso sulle labbra.

«Spero non siano i suoi preferiti...»

Sopra una delle T-shirt nere che Grégoire usava per dormire si era messa una camicia bianca, lasciata molto aperta, e una cintura. Con il collo alzato e le maniche arrotolate, la camicia sembrava una tunica sblusata, quasi elegante.

«Uau!» esclamò Marc offrendole una coppa di champagne. «È a teatro che insegnano a vestirsi con niente?»

Ora qualche ciuffo di capelli le sfuggiva dallo chignon, rendendola ancora più carina.

«È troppo presto per brindare all'anno nuovo», disse Grégoire. «Allora bevo alla nostra serata improvvisata e alla salute dei miei ospiti!»

Vuotò il bicchiere, poi cominciò a immergere una per una le acciughe nell'impasto prima di gettarle nell'olio bollente. Dalla parte opposta della cucina, Marc e Louise chiacchieravano allegri, come due vecchi amici.

«È vero che ha vissuto in America?» esclamò Louise all'improvviso.

«Diversi anni, sì.»

«Che fortuna!»

«Be', non direi. Non sono mai riuscito ad adattarmi. Troppo grande, troppo moderno, troppo rigido. E laggiù il tempo passa troppo in fretta. La gente pensa solo a consumare, vivono nel presente, non prendono distanze, non si fanno domande. In più, sono intolleranti e puritani, convinti di dominare il resto del mondo.»

Grégoire si stupì di non trovare niente di positivo da dire. Eppure, all'inizio del matrimonio non aveva avuto l'impressione di trovarsi male fino a quel punto, nella sua nuova vita.

«Certo che tu», scherzò Marc, «tutto quello che non è Provenza...»

«Sì, ho davvero avuto nostalgia di casa. È arrivata all'improvviso e non mi ha più lasciato fin quando non sono tornato. Ma vedi di non fare tanto lo spaccone, Marc: tu non ti sei mai allontanato da qui!»

Faceva sgocciolare le frittelle con una schiumaiola, poi le appoggiava su un foglio di carta assorbente.

«Cosa l'ha spinta a partire, allora?» insistette Louise.

«Mia moglie. Non riusciva a pensare di vivere in un posto che non fosse casa sua, e io all'epoca ero stupidamente d'accordo per tentare l'avventura. Quando si è giovani non si fanno sempre scelte giudiziose.»

Sposare Jane era stato un errore colossale, di cui continuava a pagare le conseguenze.

«E non ha più contatti laggiù, qualche... famigliare?»

«No.»

I suoi ex suoceri non avevano mai dato segno di vita, e a lui stava bene così: la riga tirata sul suo passato era definitiva.

«Accomodiamoci accanto al fuoco», propose.

Florent prese con cautela il piatto e li precedette in soggiorno. La legna crepitava nel caminetto, emanando un buon odore di tralci di vite. Louise andò a sedersi sul bordo del gradino di pietra, davanti al focolare, ed esclamò: «Adoro la sua casa, ci si sta così bene!»

Il complimento fece piacere a Grégoire, perché per una volta non si trattava di semplice cortesia, lo capì dallo sguardo di Louise.

«*Lou Roucas* ha sempre avuto un gran fascino», replicò Marc, «ma bisogna riconoscere che Greg l'ha risistemata alla grande, da qualche anno a questa parte. Quanto a me, purtroppo, non ho il tempo di occuparmi di arredamento. Lavoro dodici ore al giorno e la mia casa ne risente, questo è certo.»

«Oh, non vorrai mica lamentarti?» scherzò Grégoire, che cominciava a non sopportare più che Marc rispondesse al suo posto. «A meno che tu non voglia farmi passare per uno sfaticato...»

Marc si strinse nelle spalle, e Grégoire continuò, rivolgendosi direttamente a Louise: «Vivere della terra non è solo faticoso, è soprattutto angosciante. In questo momento mi è difficile pensare ad altro se non ai miei alberi! In quali condizioni usciranno da questo periodo di gelo? Quando vedo il barometro... Ci sono stati anni terribili per le aziende agricole, ma spero che questo ci risparmi».

Con il mento tra le mani, Louise l'aveva ascoltato con così tanto interesse che Grégoire fu sul punto di continuare, ma alla fine non aggiunse altro, per non monopolizzare la conversazione. Gli olivi o i mandorli non dovevano essere certo l'argomento preferito di una giovane donna abituata al palcoscenico dei teatri e agli autori classici.

Nel giro di qualche minuto fecero fuori le frittelle e un piatto di salame di Arles tagliato a fette sottili. Iniziava a diffondersi il profumo del carré d'agnello e quando si misero a tavola, verso le undici, fecero onore alla cucina di Marc.

Florent era educatissimo: mangiava lentamente, parlava poco e sorrideva molto. Il suo sguardo si spostava di continuo dalla madre – di cui sembrava cercare l'approvazione – a Grégoire, che ogni volta gli sorrideva.

Erano al dolce quando Marc, guardando l'orologio, annunciò la mezzanotte. Ovviamente fu il primo a precipitarsi su Louise e a prenderla tra le braccia. Grégoire ne approfittò per sollevare Florent da terra, stampargli due grossi baci sulle guance e fargli i più fantastici auguri di buon anno che un ragazzino avesse mai ricevuto. Poi, mentre Louise si impossessava a sua volta del figlio, i due uomini si diedero grandi pacche sulle spalle scambiandosi gli auguri. Infine Grégoire si avvicinò a Louise e, dopo una breve esitazione, si decise a baciarla. Lo fece in maniera goffa ma, come per riscattarsi, mormorò: «Cosa posso augurarle? Un mare di ingaggi a teatro, la copertina dei giornali, un contratto a Hollywood...»

«Mi basterebbe avere del lavoro!» tagliò corto lei, ridendo.

Poi aggiunse, più seria: «Recitare è molto importante per me. D'altronde, non so fare altro. Allora voglia davvero il cielo che le occasioni non mi manchino, nei prossimi mesi. Quanto a lei, spero che tutti i suoi alberi superino l'inverno senza problemi e le diano un raccolto magnifico!»

Lui annuì ma non osò dirle che, contrariamente agli anni precedenti, non era quello il suo desiderio principale. Si limitò a tirare fuori il cellulare dalla tasca dei jeans e a porgerglielo.

«Se c'è qualcuno che vuole chiamare...»

Abbassando lo sguardo verso il telefono, Louise rifletté qualche istante, poi scosse la testa.

«Fanélie non può rispondere e gli amici possono aspettare domani o dopo.»

L'idea che una donna come lei, giovane e carina, fosse così sola da non aver nessuno a cui fare gli auguri lo costernò.

«Vado a prendere un'altra bottiglia di champagne», decise.

Andò in cucina, dove riempì un piatto con *calissons* e torroni. L'anno appena iniziato gli avrebbe riservato belle sorprese come la scoperta di quella improbabile vicina? A forza di credersi in capo al mondo in quelle Alpilles dai rilievi tormentati, quelle colline azzurre dalle creste frastagliate, non guardava più la gente che lo circondava. Certo, Louise Balleroy non era destinata a lui, ma se avesse riaperto finalmente gli occhi, ora che sapeva di potersi innamorare di nuovo, magari...

Florent gli toccò il braccio, facendolo sobbalzare.

«Ah, sei qui, ometto? Vuoi qualcosa?»

Il ragazzino scosse la testa, proprio come la madre due minuti prima. La madre da cui aveva ripreso gli occhioni a mandorla e l'aria romantica. Colto da un'idea improvvisa, Grégoire si chinò verso di lui.

«Di' un po', Florent, so che avete lasciato a casa i telefonini, tu e la mamma, ma se hai voglia di... Sì, insomma, se magari vuoi parlare con il tuo papà o qualcun altro, posso prestarti il mio.»

«Ah, no!» esclamò il ragazzino.

Indietreggiò di un passo e urtò contro il tavolo.

«Lui... Lui se ne frega. E gli auguro solo di non...»

Si interruppe di botto, si portò la mano alla bocca come se volesse impedirsi di parlare, di dire quello che aveva sullo stomaco, tuttavia, in un soffio, gli confidò: «Mio padre non mi vuole bene».

Grégoire rimase immobile, immaginando che Florent fosse pronto a scappare via per nascondere il suo sconforto. Vide il mento tremargli, le mascelle contrarsi, lo sforzo che faceva per deglutire. Ma lo sguardo rimaneva fisso nel suo. All'improvviso gli si gettò addosso, come un naufrago che si aggrappi a uno scoglio.

«Forza, piccolo, forza... Andrà tutto bene, non ti preoccupare. È un anno nuovo, e vedrai, le cose cambiano e anche le persone, a volte. Certi giorni ci si sente molto infelici, ma il giorno dopo è diverso.»

Gli passò la mano nei capelli, con un gesto rassicurante.

«Anch'io alla tua età ogni tanto ero triste, perché non avevo la mamma...»

«Non ce l'avevi?» si stupì Florent.

Gli aveva dato spontaneamente del tu, e Grégoire ne sorrise.

«No, mio nonno era tutta la mia famiglia, e come puoi vedere mi è bastato. Tu hai una mamma fantastica, che ti ama sopra ogni cosa.»

«Flo?»

Con una pila di piatti in mano, Louise li contemplava dalla soglia della cucina. Se sembrava sorpresa di scoprire il figlioletto aggrappato alle gambe di Grégoire, perlomeno non mostrava alcuna diffidenza.

«Sei stanco, tesoro?» gli chiese con voce dolcissima.

Abbandonò i piatti sul lavandino e andò a inginocchiarsi davanti al figlio.

«È tardissimo, adesso vai a dormire, ok?»

Alzando lo sguardo su Grégoire, aggiunse: «Salgo con lui, ma poi torno giù per aiutarvi a sistemare tutto».

«Ma si figuri! Ci metteremo cinque minuti, Marc e io, lasci stare.»

«No, no, vengo ad aiutarvi e a bere quella coppa che ci aveva promesso», rispose Louise indicando la bottiglia di champagne che Grégoire aveva tirato fuori dal frigorifero.

Perché cercava di mandarla a letto? Per impedirle di flirtare con Marc? Ma andiamo, non era così meschino: non avrebbe rovinato la fine della serata.

1° gennaio

L'ARRIVO di temperature più miti fu brusco quanto lo era stata l'ondata di freddo. Nella notte, una parte delle neve ghiacciata aveva cominciato a sciogliersi, i tetti e le grondaie sgocciolavano, l'acqua cadeva dagli alberi e grosse pozzanghere si formavano un po' ovunque.

Grégoire tornò fradicio dalla passeggiata mattutina e dovette strofinare con un vecchio asciugamano i due bovari bagnati fino al petto. Poi ripartì, stavolta con la Land Rover, per vedere a che punto erano i lavori della società elettrica. Al ritorno trovò Marc e Louise in cucina e annunciò loro che, feste o non feste, i tecnici si davano da fare.

«Sperano di ripristinare la corrente nelle prossime ore, così potremo riprendere una vita normale! In compenso, tutti i negozi sono chiusi, non ho neanche trovato il pane.»

«Posso provare a farlo io», propose Marc.

«Provaci, sarà sempre meglio che niente.»

Grégoire si servì una tazza di caffè che portò con sé

nello studio. La sera precedente era andato a dormire per primo, lasciando Louise e Marc lanciati in un'ampia discussione su Shakespeare. E quella mattina non aveva nessuna voglia di sapere a che stadio di intimità fossero arrivati quei due.

Dopo aver chiamato alcuni amici per augurar loro buon anno, si immerse nei conti e nei dossier amministrativi. Se il gelo aveva provocato danni irreparabili, in particolare agli olivi, che ne sarebbe stato dell'equilibrio finanziario dell'azienda? La liquidità era sana, non aveva debiti, tuttavia il margine di manovra rimaneva stretto. Un raccolto mediocre sarebbe stato gestibile, ma cosa sarebbe accaduto se non ci fosse stato affatto?

Pensò a più riprese ad Antonin, lo rivedeva appuntire la matita con un coltellino prima di aprire il grande quaderno di tela nero dove registrava i bilanci. Dopo la sua morte, Grégoire aveva sfogliato le ultime pagine, con una stretta al cuore. Le cifre catastrofiche parlavano da sé, ma suo nonno aveva aggiunto a margine alcune annotazioni fantasiose: «Presto sarà la fine di *Lou Roucas*. Ho fatto del mio meglio, ma a quanto pare non è stato abbastanza. La buca delle lettere è piena di notifiche, gli avvoltoi non si faranno attendere. Tutta una vita di lavoro, ed eccomi senza niente. Per fortuna che il piccolo non è qui a vederlo». Quell'ultima frase gli aveva fatto salire le lacrime agli occhi. Non era lì, no, non c'era stato per soccorrere il nonno in tempo, costringerlo a curarsi, salvarlo dal fallimento. Ma *Lou Roucas* era sempre nelle mani di un Fabre, recuperato dalle grinfie dei creditori. E probabilmente dal suo paradiso Antonin avrebbe assolto il nipote.

Un delizioso profumino di pane caldo lo distolse dai suoi pensieri. Era rimasto così a lungo immerso nei calcoli e nei ricordi? Si alzò, si stiracchiò, constatò che faceva poco esercizio, come sempre d'inverno. Ma ovviamente Marc non l'avrebbe accompagnato in una lunga passeggiata, quel pomeriggio. Oltretutto pioveva.

«Il pranzò è pronto!» annunciò Louise dal soggiorno.

Quando la raggiunse, la trovò talmente carina da sentirsi quasi rattristato. Perché aveva lasciato campo libero a Marc, senza neanche provarci? Per paura di essere respinto seccamente?

«Grégoire, le volevo dire...»

La luce tornò di colpo, così come il rumore di apparecchi che si rimettevano in funzione, tra cui un aspirapolvere al primo piano.

«Ah, già, stavo facendo un po' di pulizie quando si è spento tutto! Salgo a fermarlo.»

Fece per raggiungere le scale ma si fermò e si voltò.

«Mi scusi, voleva dirmi qualcosa?»

Louise sembrò indecisa, poi fece un gesto disinvolto.

«Niente di importante», affermò. «Vado a spegnere le lampade a petrolio.»

Sulle scale, Florent era seduto all'altezza del pianerottolo intermedio, con l'aria alquanto avvilita.

«L'interruzione è finita?» chiese a Grégoire con tono dimesso.

«Sì, hanno ripristinato la corrente. Così potrai tornare a casa! Vi riaccompagno io nel pomeriggio, ma per il momento pranziamo. Hai fame, spero!»

Il ragazzino si alzò e lo seguì fino a una stanzetta che fungeva da guardaroba, dove l'aspirapolvere continuava a ronzare. Grégoire lo spense, poi sorrise a Florent.

«Vieni con me, ometto, facciamo il giro del piano per controllare gli interruttori. Sono sicuro che qualcosa è rimasto acceso quando è andata via la luce.»

Passarono in rassegna le camere e i bagni, poi tornarono al piano di sotto.

«Peccato che adesso funzioni», borbottò Florent. «È divertente illuminarsi con le candele, e poi eravamo costretti a rimanere tutti insieme e... non è che ogni tanto possiamo comunque tornare a trovarti?»

Lo aveva chiesto a bassa voce, rallentando il passo per non entrare subito in cucina, dove sentiva ridere sua madre e Marc. Grégoire si chinò su di lui e lo prese per le spalle, scuotendolo delicatamente.

«Siamo diventati amici, no? Be', allora è semplice: gli amici si vedono ogni volta che ne hanno voglia!»

La risposta creò un accenno di sorriso sul volto di Florent, ma nel suo sguardo c'era ancora traccia di preoccupazione.

«Ascolta, se tua mamma è d'accordo, questa primavera ti insegno un sentiero per venire in bici da casa tua a qui senza passare per la strada.»

Il sorriso di Florent si allargò e il ragazzino annuì vigorosamente con la testa, facendo volare la frangia di capelli biondi.

Un po' sopraffatta da tutto quel che c'era da fare, Louise riaccese innanzitutto la caldaia, perché in casa faceva freddo ed era umido e si infilò in fretta due maglioni. Mentre si cambiava, Grégoire controllò che il pezzo di compensato davanti al vetro rotto della cucina reggesse bene, poi aggiunse una striscia di schiuma isolante sul bordo esterno. Infine andò a mettere in moto la Polo, che dopo qualche singhiozzo decise di accendersi.

Cercando di rendersi utile, Marc prese dal capanno gli ultimi ciocchi, li impilò accanto al caminetto, e tentò di fare una fiammata per scaldare l'ambiente.

Verso le cinque, quando cominciava a farsi buio, i due uomini si congedarono, senza che Louise cercasse di trattenerli. Si sentiva smarrita, a disagio in casa propria. La parentesi vissuta a *Lou Roucas* la lasciava pensierosa e le faceva sorgere domande sul futuro, soprattutto vista l'aria abbattuta di Florent.

Per fortuna alle sei arrivò in bici Fanélie, come una fata buona. Portava con sé burro e uova fresche, tutta allegra all'idea di aver così tante cose da raccontare e da ascoltare. Ma in quel fuoco di fila di domande fu Florent a mostrarsi il più loquace. Descrisse per filo e per segno le due giornate trascorse da Grégoire e parlò senza sosta dei cani, del computer e di altre meraviglie.

«Oltretutto ci ha dato la camera più bella!»

«Come fai a saperlo?» protestò Louise. «Non sarai andato in giro a ficcanasare, spero?»

«Certo che no! È stato stamattina, quando siamo andati a spegnere le luci, che ho fatto il giro della casa. C'è persino un guardaroba con un asse da stiro, e Grégoire mi ha detto che lui è bravissimo a usarlo!»

Divertita da quella rivelazione, Louise sorrise di fronte all'entusiasmo del figlioletto, poi aggiunse: «La cosa più rassicurante è stata avere un medico con noi. Oltretutto, grazie alla cura che ha cominciato Flo non tossisce quasi più».

«Sei stata proprio fortunata a trovare due uomini

che si sono presi cura di te e del piccolo», le fece osservare Fanélie con uno sguardo malizioso. «Se le interruzioni di corrente ti portano dei principi azzurri, allora ben vengano!»

«Principi azzurri, non esageriamo adesso... ma sono davvero gentili, tutti è due.»

«Io preferisco Grégoire!» disse a gran voce Florent.

Aspettava palesemente una reazione della madre e, vedendo che invece rimaneva zitta, si rivolse a Fanélie.

«La mamma gli piace un sacco...»

«Ma cosa vai a pensare!» si indignò Louise. «Ah, l'immaginazione dei bambini, te lo giuro! Comunque, sono contenta di essere tornata a casa. Domani chiamo subito un vetraio e faccio tutte le telefonate in arretrato. Se penso che la settimana prossima iniziano le prove, che ricomincia la scuola, che ho mille cose da fare nel frattempo... Prima di tutto, trovare qualcuno che mi consegni della legna, poi andare a comprare provviste di scorta, medicine, uno stock di candele e pile. Insomma: non voglio mai più rivivere una serata come quella di martedì!»

«Prendi anche l'abitudine di chiudere le persiane, almeno a pianterreno», suggerì Fanélie. «Qui non ci sono né uomini né cani a sorvegliarti. Anzi, comincia subito, mentre io preparo una frittata alle patate.»

Louise ubbidì di buona grazia, convinta che con la casa ben chiusa si sarebbe sentita più al sicuro. A *Lou Roucas* aveva dormito due notti come un ghiro, sentendosi al riparo da tutto, una sensazione che non aveva più sperimentato da quando Xavier se n'era andato via.

Fuori, la neve si era trasformata in fango e i faretti riflettevano la loro luce in grosse pozzanghere. Louise fece il giro della casa, tirando le persine blu che cigolavano sui cardini arrugginiti, poi sollevò la testa per cercare di distinguere le stelle. Dopo un po' le parve di intravedere quella del Pastore, a cui espresse un desiderio muto incrociando le dita.

Marc era sul punto di andarsene, ma prima controllò di aver effettivamente riposto lo stetoscopio nella borsa.

«Avrò una giornata pazzesca, domani», sospirò. «Tra gli eccessi del cenone, l'epidemia di influenza e le gastroenteriti di stagione, la sala d'attesa sarà piena così! Comunque, grazie per la serata, non ti avrei mai perdonato se non mi avessi invitato...»

Constatando che Grégoire non si degnava di rispondere, Marc indugiò ancora qualche istante sulla scalinata.

«Ascolta», riprese, «siamo troppo amici per raccontarci frottole, allora te lo dico in faccia: ho intenzione di invitare Louise al ristorante, noi due soli. La chiamerò in settimana.»

«È un tuo diritto.»

«Oh, Greg, non fare quella faccia!»

«È l'unica che ho.»

Sorpreso dalla durezza del tono, Marc cercò invano qualcosa da aggiungere e alla fine fu Grégoire a riprendere la parola.

«Non ti preoccupare, non è il caso di arrabbiarsi per questo. Da qui a vedermi saltare di gioia, però, mi chiedi un po' troppo. Forza, vecchio mio, alla prossima...»

Diede una piccola pacca conciliante sulla spalla di

Marc prima di rientrare in casa, riuscendo persino a evitare di sbattere la porta. Non aveva neanche fatto altre domande né cercato di saperne di più.

«Che stupido che sono!» borbottò rivolto ai cani, che lo aspettavano in cucina.

Al momento, senza più il rumore sordo del generatore, nella casa regnava un silenzio assoluto.

«*Escoutas me, li chin: siéu amourous*, sono innamorato.»

I due bovari piegarono insieme la testa di lato, poi si misero a scodinzolare.

«Vedo che la cosa vi diverte...»

Innamorato lo era di certo, ma perché si era considerato sconfitto in anticipo? Forse perché Marc, affermando per primo di trovare Louise bellissima, aveva in qualche modo lanciato un'opzione su di lei? Oppure il suo amico era un seduttore nato a cui poche donne resistevano, e Grégoire non voleva confrontarsi con lui?

«Orgoglio mal riposto!»

Louise non era solo una donna bellissima, ma era anche volitiva, dolce, materna, allegra, insolita, fragile e un sacco di altre cose ancora. Il contrario di Jane, insomma. Quanto a Florent, difficile immaginare un ragazzino più tenero. Oltretutto, Grégoire si era affezionato a lui fin dalla prima sera, quando l'aveva scoperto nella neve e poi l'aveva portato in spalla per tutto il ripido pendio di Sainte-Croix. Un figlio apparentemente abbandonato dal padre, e che ne soffriva. A lui, e a Louise, Grégoire avrebbe potuto offrire tutto l'amore del mondo, ma probabilmente non era l'uomo giusto; troppo burbero e chiuso, incapace di lanciarsi alla conquista.

E poi, scusa, posso chiamarla anch'io, pensò Grégoire, o invitarla. Sì, per esempio, alla *Ferme d'Eygalières*, oppure ad Arles se è lì per le prove, alla *Gueule du loup* o al *Jardin de Manon*, i buoni ristoranti non mancano certo! Solo che non saprei cosa dirle, e se devo passare la serata a guardarla con occhi di triglia... Non ho la parlantina di Marc, e le mie conoscenze in fatto di teatro si limitano a Racine, e anche lì dovrei fare appello a tutti i ricordi scolastici. Io sono solo un contadino – contento di esserlo, certo – ma quella donna non ha niente a che fare con un uomo legato alla terra. Invece un medico...

Rassegnato, mise a posto il cellulare, con cui si era messo a giocare senza neanche accorgersene.

«Sono proprio fuori di testa! *Qué tòti*, che imbecille!»

Il primo giorno dell'anno nuovo non era stato molto incoraggiante. Tuttavia, Grégoire cercò di aggrapparsi a un'idea positiva. Dopotutto, la temperatura stava salendo e lo strato di gelo che imprigionava gli alberi da frutto si era sciolto. L'indomani sarebbe andato a controllarli uno per uno, avrebbe parlato loro come al solito, e avrebbe ripreso la sua vita da dove l'aveva lasciata.

Florent sciacquò lo spazzolino e richiuse il tubetto di dentifricio. In linea di massima era pronto per la notte, ma non aveva nessuna voglia di andare a dormire. Avanzando sul pianerottolo con passi felpati tese l'orecchio. Il mormorio delle voci di sua madre e di Fanélie gli giungeva confuso: per capire cosa si stavano dicendo si sarebbe dovuto sedere sulle scale. Ma a che pro spiarle? Temeva di rimanere deluso, di sentire cose definitive.

Raggiunse il letto, lasciando la porta socchiusa. Solo altri tre giorni di vacanze e, da lunedì, il rientro a scuola. Per una volta avrebbe avuto tutta un'avventura da raccontare, in cui Grégoire avrebbe impersonato il ruolo del protagonista, del salvatore, dell'eroe, dell'*amico*, quello che arriva sempre al momento giusto per scacciare il pericolo.

Immaginando in che modo avrebbe presentato la storia per renderla ancora più palpitante, a un tratto fu colto da un terribile dubbio. Gli avrebbero creduto? O lo avrebbero accusato di essersi inventato tutto? Il sangue sulla neve, la paura di morire di freddo, il ritorno a casa in un'auto dei gendarmi... Già quando raccontava che mestiere facevano i genitori – fotografo, attrice – i compagni lo guardavano strano.

Be', in fondo bastava che Grégoire in persona andasse a prenderlo un pomeriggio all'uscita di scuola al volante della 4 x 4 con i cani dietro! Successo assicurato.

Ma era poco probabile... Con quale scusa glielo avrebbe chiesto, e come avrebbe dato a bere quella storia alla madre? Anche se sembrava meno diffidente nei confronti di Grégoire rispetto all'inizio, non gli avrebbe mai chiesto di sostituire Fanélie per andare a prendere il figlio. Allora, che fare? Certo, l'interruzione di corrente era stata la famosa spintarella del destino, ma adesso Florent doveva trovare da solo il modo per farli avvicinare ancora, per un nuovo incontro. E senza aspettare la primavera! Perché, se pensava al modo in cui la madre sorrideva a Marc, il seguito diventava spaventosamente prevedibile. E non era mica così che finivano i bei film.

Prima di lasciarsi andare al sonno, Florent ripeté diverse volte a mezza voce il nome dei cani di Grégoire, diventati anche loro suoi amici.

«*Fadeto, Glàri, Fadeto, Glàri...*»

Fatina e Folletto. E se possedevano dei poteri magici? In ogni caso, imparare il provenzale forse era una buona idea, giusto per dir loro parole gentili, come faceva Grégoire, o per portarli a spasso.

Chiuse gli occhi e si vide sulla bici, in mezzo ai mandorli in fiore, con i due bovari che gli saltellavano attorno con la lingua a penzoloni. Poi sostituì la bici con un cavallino della Camargue, che montava con la stessa sicurezza di un bovaro esperto. Infine decise di aggiungere da qualche parte nel paesaggio – diciamo in controluce in cima a una collina azzurra – le sagome di Grégoire e della madre, che si tenevano per mano. Certo, il tutto accompagnato da una bella musica romantica. Ecco un finale di quelli che piacevano a lui!

Venerdì 2 gennaio

Stéphane e Louise si scambiarono uno sguardo esasperato. Seduti vicini su due sedie poste al centro del palcoscenico, con il copione sulle ginocchia, cercavano di leggere nel modo più neutro possibile, ma ogni tanto si lasciavano prendere senza volere dal loro talento di attori.

«No, no!» protestò il regista con il suo accento italiano marcatissimo. «Non metteteci tono, né intenzione, niente. Voglio solo sentirvi pronunciare le parole, dapprima svuotate del loro significato, per poterle poi riempire meglio in un secondo tempo. È la nuova scuola, cari miei...»

Si era sistemato in fondo alla sala buia, lasciando i due attori recitare a pappagallo sotto la luce cruda di un unico proiettore.

«Non ho voglia di tornare a scuola», sussurrò Stéphane a Louise. «Due mesi di prove con questo tizio e andiamo fuori di testa!»

Sopprimendo un sorriso, Louise articolò piattamente la battuta successiva, che perdeva in quel modo ogni significato.

«Sì, va meglio, dai che ci siamo!» esclamò raggiante Alberto. «Va bene, per oggi ci fermiamo qui. Siete stati carini ad aver accettato questa prima lettura estemporanea, continuiamo domani. Sì, lo so, che è sabato, ma non abbiamo tempo da perdere, giusto? Anzi, venite quaggiù, che programmiamo subito i prossimi giorni.»

Stéphane si alzò di scatto, mentre Louise richiudeva rumorosamente il copione. Quel tizio non avrebbe rispettato nessun orario, era da immaginarselo, ma non ci si poteva sottrarre alle sue esigenze. Per fortuna il testo era ottimo, e prima o poi avrebbero avuto la possibilità di interpretarlo per davvero. Fino ad allora avrebbero dovuto sopportare i metodi d'avanguardia del regista.

Agende alla mano, ci misero un buon quarto d'ora prima di mettersi d'accordo, poi Alberto li congedò, annunciando che sarebbe rimasto lì da solo per lasciarsi permeare dall'atmosfera del teatro. Agitò in segno di saluto la sua copia del testo, già coperta di schizzi e appunti, e tornò a sedersi in mezzo a tutte quelle poltrone vuote.

«Alé, cominciamo bene», borbottò Stéphane lasciando la sala dietro a Louise.

«Non dirmi che non hai mai visto di peggio? Ci sarà sempre qualche illuminato che vorrà rimettere tutto in discussione, 'reinventare' tutto, lo sai bene! Ma Alberto ha messo in scena ottimi lavori, e ha talento. Tanto vale lasciargli fare il suo show da creatore ispirato.»

«Sei più saggia di me», ammise Stéphane con un sorriso contrito.

Uscirono su boulevard Georges-Clemenceau e decisero di andare a bere un bicchiere per raccontarsi quello che avevano fatto da Natale. Il clima era molto più mite ma rimaneva uggioso; non invogliava a passeggiare, e Arles sembrava deserta, ripiegata su se stessa.

Raggiunsero il *Paddy Mullins*, un pub irlandese non lontano dove servivano ottime birre. Dopo aver ordinato, Louise riaccese il cellulare e si accorse di avere diversi messaggi sulla segreteria.

«C'è tutta 'sta gente che cerca di chiamarti?» scherzò Stéphane. «Ehi, ragazza, a quanto pare sei famosa! Oppure sono i tuoi nuovi cavalier serventi? Forza, ascolta i messaggi, ma dopo voglio un resoconto dettagliato delle tue avventure.»

Louise rideva ancora quando udì la voce angosciata di Florent. L'aveva chiamata tre ore prima, all'incirca nel momento in cui cominciavano le prove, perché Fanélie era caduta dalle scale, doveva essersi rotta qualcosa e lui non sapeva che fare.

«Oh mio Dio...»

In un secondo messaggio, venti minuti dopo, Florent sembrava meno sconvolto, era nell'auto di Grégoire con Fanélie, ed erano diretti all'ospedale. Un'ora dopo aveva di nuovo chiamato per annunciare che la poverina aveva il polso rotto, un bel gesso e ventiquattr'ore da passare in osservazione al centro ospedaliero Joseph-Imbert. «Rimango qua con lei, ti aspetto in camera sua, ma devo spegnere il telefonino perché sono vietati.»

Louise, costernata, riassunse la situazione a Stéphane, che decise subito di accompagnarla.

«È nel Quartier Fourchon, mi pare?» si informò

Stéphane mentre lanciava un po' di monete accanto ai boccali che non avevano neanche toccato. «Ah, povera Fanélie! Le possiamo comprare un mazzo di fiori, o magari dei cioccolatini, che dici? Ma detto tra noi, si mette male per te, perché con tutte le ore di presenza che dovremo fare per quello stravagante di Alberto...»

Louise non voleva pensarci. La sua unica preoccupazione in quel momento era che Fanélie non soffrisse troppo e che Florent non fosse traumatizzato per aver dovuto gestire da solo un incidente.

«Certo che dal 21 dicembre a questa parte, abbiamo avuto tutta una serie di disavventure», constatò con voce pensierosa.

Il che non era proprio esatto, perché nonostante la catena di incidenti c'erano stati anche alcuni momenti molto belli, durante quelle feste. E persino dei momenti che avrebbe prolungato volentieri.

Florent, in piedi in fondo al letto, covava Fanélie con lo sguardo. Dopo averle offerto un bicchiere d'acqua si era assicurato che non avesse troppo caldo né troppo freddo, e adesso non sapeva più come rendersi utile.

«Povero tesoro mio, ti annoierai...» gli disse con dolcezza Fanélie.

Nella camicia da notte fornita dall'ospedale sembrava ancora pallidissima. Tuttavia, sorrideva coraggiosa.

«Un polso rotto non è la fine del mondo, sai... E poi tu sei stato fantastico!»

Eppure non aveva fatto altro che chiamare in aiuto Grégoire, felicissimo di sentirlo rispondere al secondo squillo e di affidarsi a lui. Con sua madre irraggiungibile sarebbe andato bene qualsiasi adulto, ma Grégoire era stato particolarmente rapido, efficiente e rassicurante. In ospedale, dopo aver sbrigato tutte le formalità amministrative, era rimasto il più a lungo possibile con lui, per fargli compagnia, in attesa di essere informato sulle condizioni di Fanélie. Poi se n'era dovuto andare per via di un appuntamento importante con un produttore di olio d'oliva. «Ma se tua madre ha un contrattempo non esitare a chiamarmi, ometto, e torno subito da te.»

Certo che Florent non avrebbe esitato. Oltretutto, sapeva che la madre sarebbe stata molto occupata nelle settimane a venire, e con Fanélie infortunata forse il suo sogno di vedere Grégoire davanti a scuola si sarebbe miracolosamente realizzato.

L'aveva appena pensato, e già si sentiva schiacciato da quel senso di colpa che cercava di soffocare da quando Fanélie era caduta dalle scale. Era successo perché l'aveva chiesto troppo, desiderato troppo intensamente? Non è che, sperando di trovare nuove occasioni per vedere Grégoire e volendo avvicinare quell'uomo a sua madre, magari in qualche modo era stato proprio lui a provocare l'incidente? No, non avrebbe mai voluto una cosa del genere! Voleva un bene dell'anima a Fanélie, e poi, mica aveva il potere di influire sugli eventi. Nella vita reale non era come al cinema, non doveva impersonare il ruolo del ragazzino malefico o posseduto, e comunque l'idea di servirsi di Fanélie per arrivare ai suoi scopi non lo aveva neanche minimamente sfiorato.

Eppure... Impossibile negare che quel polso rotto cadesse a puntino. Un'ulteriore peripezia che si andava ad aggiungere a quel pazzo Natale! Nonostante la sua fantasia galoppante, quando aveva deciso di andarsene per le colline alla ricerca di un abete, trascinandosi dietro la slitta, mai e poi mai Florent si sarebbe lontanamente immaginato ciò che sarebbe avvenuto. Quel giorno, approfittando del sonno pesante di Fanélie, aveva scatenato un vero e proprio terremoto. Quindi lui ne era responsabile.

«È così gentile da parte sua!» esclamò Louise. «Non so come ringraziarla...»

«Lasci stare. Ero tornato per scrupolo, nel caso avesse fatto tardi, e poi non ero sicuro che avesse ricevuto i messaggi di Florent. Ma visto che è arrivata me ne posso andare.»

Si erano incontrati nel parcheggio dell'ospedale. Louise fece le presentazioni.

«Stéphane, un amico, che è anche il mio partner a teatro. E lui è Grégoire, il signore che passa il tempo a soccorrerci, me e mio figlio.»

I due uomini si strinsero la mano, squadrandosi con reciproca curiosità.

«Stanza 52, medicina generale», precisò laconicamente Grégoire.

Risalì sulla Land Rover e fece manovra per uscire. Perché si era mostrato così poco caloroso? Per via della presenza di Stéphane? Tornando lì aveva sperato di incontrare Louise, ma non si aspettava di trovarla in compagnia di un uomo.

Ha detto che non aveva amici, nessuno da chiamare, quando gliel'ho proposto!

Tutto sommato, avrebbe preferito vederla con Marc, piuttosto che con quel bellimbusto sconosciuto. E dire che aveva cercato di accorciare il più possibile il suo appuntamento! E tutto per sentirsi chiamare «il signore che passa il tempo...!»

Già che c'era, poteva darmi del coglione, no?

La sua stessa rabbia lo irritava. Ne aveva fin sopra i capelli di sentirsi stupido o goffo, di non saper varcare la distanza che Louise metteva tra sé e il resto del mondo.

No, lei non fa niente del genere: ride come una matta con Marc, tiene per la vita il suo Stéphane... Se non è calorosa con me, è perché in realtà io mi sono escluso da solo. Peggio per me!

Invece di tornare a *Lou Roucas*, Grégoire prese la strada in direzione di un bar, in cui ogni tanto andava a farsi un goccetto quando la solitudine gli pesava troppo.

Sabato 3 gennaio

«Sua mamma è d'accordo, ne parlerà con te», concluse Florent.

Stupita dallo spirito d'iniziativa del figlio, Louise lo contemplò sorridendo.

«Te la sei cavata alla grande!»

Fra tutti i compagni di scuola, Denis Rémusat era il suo preferito, perciò lo aveva chiamato spontaneamente per trovare una soluzione.

«Potrò fare i compiti con lui, a casa sua, o farmi lasciare da Fanélie nell'attesa che mi vieni a prendere.»

«Be', mi sembra perfetto... Vai d'accordo con Denis, vero?»

«Sì.»

Una risposta un po' corta che sembrava nascondere qualcosa; tuttavia, Louise preferì non insistere per il momento. La scuola sarebbe ricominciata due giorni dopo, e magari Florent aveva avuto paura di essere affidato ai genitori di chissà quale altro compagno o a una baby-sitter sconosciuta. In ogni caso, cercava sempre di aiutare sua madre: era un ragazzino fantastico.

Fantastico, ma chiuso. Per esempio, che idea balzana andarsene ad abbattere da solo un abete con una scure! E l'atteggiamento tenuto con il padre denotava anche un profondo malessere, che fino ad allora non aveva voluto esprimere.

«Non avresti preferito chiederlo al tuo amico Grégoire?» si azzardò a suggerire.

«Be'... no. Non possiamo scocciarlo continuamente.»

La vocina addolorata l'aveva appena tradito; forse sarebbe stato felicissimo di farsi portare a casa in Land Rover e andare a giocare con i cani, ma qualcosa glielo impediva.

«D'accordo, allora», cedette Louise. «In questo caso, visto che Denis ti ha invitato a fare merenda, questo pomeriggio ti accompagno da lui e mi metterò d'accordo con sua mamma per la prossima settimana. Ho molte prove ad Arles, mi dispiace, tesoro. Anche oggi, non posso evitarle. Tu capisci, si tratta del mio lavoro e...»

«Lo so, mamy!»

Si avvicinò, le mise le braccia attorno al collo e sprofondò la testa contro di lei.

«Quand'è che torna, Fanélie?»

«Di domenica non dimettono i pazienti, probabilmente la faranno uscire lunedì. Oggi l'hanno tenuta dentro per farle alcune radiografie e una TAC. Poiché cadendo ha battuto anche la testa, vogliono controllare tutto. Ma troverò il tempo di occuparmi di lei e di riportarla a casa non appena possibile, non ti preoccupare.»

«Credi che le faccia ancora male?»

«No di certo. Una volta ridotta la frattura non si sente più nulla.»

«Le voglio tanto bene», disse Florent con una vocina triste.

«Anch'io!»

«È stupido che non sia mia nonna...»

«In realtà non cambia niente. Non sono sempre i famigliari quelli che ti vogliono più bene. A volte dei perfetti estranei possono esserti più vicini dei parenti.»

All'improvviso l'espressione del ragazzino cambiò radicalmente, e il viso gli si illuminò di un sorriso radioso.

«Lo credi davvero?»

Louise si domandò se stesse pensando soltanto a Fanélie, ma ancora una volta non volle metterlo alle strette.

«Ne sono sicura, tesoro.»

Aveva bisogno di essere rassicurato, lo vedeva, anche se non capiva i motivi della sua preoccupazione.

«Senti, Flo: domani compriamo una ciambella dei Re Magi e la mangiamo in ospedale con Fanélie.»

«Oh, sì, fantastico!»

«E poi la sera accendiamo un bel fuoco nel camino e approfittiamo del tuo albero di Natale, perché domenica devo smontarlo.»

«Era bello quest'anno, eh?»

Louise sentiva il respiro del ragazzino sul collo e anche il profumo del suo shampoo alla mela.

«Bellissimo, amore mio», rispose con dolcezza.

* * *

Mentre guidava, Marc non faceva che lanciare occhiate alla sorella, interessato com'era al resoconto del suo ultimo dell'anno.

«Te lo giuro, c'ero quasi, l'avevo a portata di mano!» ripeté Mireille con aria disgustata. «Da quando lo conosco, ormai non speravo più in quel genere di occasione, ed ecco che alla fine si presenta, ma... niente. Assolutamente niente!»

Dal momento che erano invitati a pranzo dai genitori a Aigues-Mortes, Marc era passato a prenderla dopo il giro di visite per fare la strada con lei.

«Santo cielo, arriviamo a un'età in cui bisogna pensare a riaccasarsi, altrimenti formeremo il club degli zitelloni!»

«Non gliel'hai detto, spero?» ironizzò il fratello.

«Per chi mi prendi? Credimi sulla parola: ci so fare con gli uomini, io, ma Grégoire è un caso a parte.»

«In un certo senso.»

«Lui è vedovo, io sono divorziata: siamo fatti per andare d'accordo.»

Tutti i tentativi di Mireille per sedurlo erano falliti, e a quel punto avrebbe dovuto farsene una ragione. Eppure non rinunciava.

«So benissimo che non è inconsolabile, e se la morte di Jane l'ha scioccato, di certo non gli ha causato un dolore immenso. Sua figlia sì, ma non sua moglie. E poi, ne è passata di acqua sotto ai ponti da quella storia! E Greg non è di marmo. Insomma, ha avuto un certo numero di avventure, allora ieri sera mi sono detta che era il momento: ora o mai più. Dovevi vederlo, solo soletto davanti al suo whisky, aveva tutta l'aria di aver bisogno di compagnia! Perché non è un romanticone né un depresso, lo sai anche tu, ma ieri sembrava reggere sulle spalle tutta la tristezza del mondo, e io non ho resistito. All'inizio è stato carinissimo, mi ha offerto un bicchiere, mi ha ascoltata, abbiamo ordinato ancora...»

«E da quando beve?» si stupì Marc.

«Mi è sembrato piuttosto che volesse ubriacarsi deliberatamente. Prima che si annebbiasse del tutto, ho deciso di giocare a carte scoperte. Certo non volevo che ronfasse tutta la notte, non so se mi spiego!»

Marc guidava veloce, fiancheggiando la pianura della Camargue, ma non si perdeva una briciola del discorso di Mireille, curioso di sapere come Grégoire si fosse tirato fuori da quel vespaio.

«Quando ho cominciato a flirtare ha cambiato atteggiamento: sembrava che gli stessi proponendo l'arsenico! Sai che bello... Poi mi ha rifilato la tiritera educata sull'amicizia, il rispetto, insomma, le solite stupidate. Ero offesa, pronta a mandarlo al diavolo, quand'ecco che all'improvviso mi confessa di essere perdutamente innamorato. Sembrava un ragazzino! Un omone grande e grosso di quasi quarant'anni, distrutto perché è innamorato cotto di una donna! Gesù mio, quanto sono stupidi gli uomini!»

«Grazie!»

Attraversarono il Petit-Rhône a Sylvéréal e avanzarono veloci tra gli stagni, in direzione di Aigues-Mortes.

«Non so cos'abbia di tanto straordinario questa Louise, ma pare che anche tu abbia messo gli occhi su di lei.»

Indifferente al paesaggio, Mireille si era voltata verso il fratello e lo considerava senza indulgenza.

«Ti porterò a vederla a teatro», promise lui con un sorriso ironico.

«Allora è vero? Siete come due galli in un pollaio?»

«Comunque sia, l'uomo propone, la donna dispone. Farà da sola la sua scelta...»

«E tra i due contendenti, magari sarà il terzo a godere!»

Mireille sottolineò la sua profezia schioccando la lingua, poi incrociò le braccia e guardò dritto davanti a sé, segno che non avrebbe più parlato. Commosso, Marc le diede un colpetto sul ginocchio.

«Dobbiamo fermaci a comprare un dolce. Hai qualche preferenza?»

«Sono a dieta», rispose la sorella in un tono sinistro. Ma un attimo dopo scoppiò a ridere, incapace di tenere il muso – e soprattutto di tacere – oltre.

Grégoire scrutava uno per uno gli olivi, con la fronte aggrottata. Cercava le tracce del gelo sui rami contorti e sulle foglie grigio-verdi sopra e argentate sotto. Da due anni a quella parte – e cioè da quando vendeva le olive a una fabbrica di olio prelibato, esigentissima sulla qualità dei frutti – Grégoire effettuava la raccolta a mano. Di lì a qualche mese avrebbe ottenuto la quantità prevista? Il barometro di Antonin era di nuovo in caduta libera, e l'inverno era appena cominciato!

Con il palmo della mano accarezzò uno dei tronchi rattrappiti. Venivano sfrondati regolarmente per facilitare la raccolta, e nessuno superava i dodici metri, nonostante la veneranda età di alcuni esemplari. Alberi piantati da così tanto tempo che era impossibile stabilire quale generazione li avesse potati per prima con così tanta cura.

Gli tornarono in mente, non senza una punta d'irritazione, le insistenze del padre di Jane quando gli chiedeva tutte le informazioni possibili sugli olivi, ben deciso a introdurli nelle sue terre. Avendo sentito parlare di un tentativo riuscito in California si era convinto che, grazie alle conoscenze del genero, avrebbe potuto ottenere lo stesso successo. «Tutto quel che tocco si trasforma in oro!» dichiarava con la sua consueta arroganza. Ma Grégoire non ci teneva a vedere olivi sul suolo americano. Quegli alberi erano fatti per rimanere tra i cipressi e i pini italici, sulle rive del Mediterraneo. Sentirne parlare in continuazione non faceva che rafforzare il suo desiderio di tornare in Provenza per occuparsi delle terre di *Lou Roucas*, invece che perdere tempo in America. Come aveva potuto pensare, all'epoca, che sarebbe stato felice lontano da casa?

Era in cima all'oliveto, che digradava dolcemente verso il vallone. Da lì avrebbe potuto quasi intravedere la casetta dalle persiane blu. Chissà che cosa faceva Florent in quel momento? Giocava con la madre o era chino sulla lezione da imparare per il rientro? Avrebbe voluto insegnargli tutto ciò che riguardava la coltivazione degli alberi e spiegargli fino a che punto la natura arida poteva mostrarsi generosa. Fargli sentire gli effluvi zuccherini dei fichi, fargli scoprire la fioritura precoce e rigogliosa dei mandorli. E trasmettergli così, a poco a poco, tutto il sapere che Antonin gli aveva tramandato nel corso del tempo.

Si strinse nelle spalle e scacciò l'illusione. Se la voglia di avere un figlio diventava troppo forte, perché allora non si risposava? Rifletté su quella domanda, ma conosceva già la risposta. Se con Jane si era sposato per un motivo sbagliato – una stupida sfida d'indipendenza e di conquista – ora non avrebbe commesso lo stesso errore. Era giusto unirsi a una donna soltanto per amore; tutti gli altri motivi, desideri o bisogni che fossero, sarebbero stati indegni.

«E dato che esiste una sola Louise, il caso neanche si pone!» gridò voltandosi di nuovo verso gli olivi.

Qualche istante dopo comparvero i due cani, convinti di essere stati chiamati dal padrone, e fecero a gara per arrivare per primi ai suoi piedi.

Florent recuperò il cellulare che Denis Rémusat aveva appena esaminato da vicino, poi prese una seconda fetta di torta.

«Da noi è stato meno divertente», disse Denis con aria cupa. «Quando è andata via la corrente ci siamo rifugiati da mia zia, a Nîmes.»

Contrariato per non aver nulla da raccontare, fece un lungo sospiro. Per una volta, Florent si sentiva superiore. Il resoconto delle sue avventure aveva lasciato l'amichetto a bocca aperta, tanto più che Louise aveva confermato la sua versione parlando con l'altra mamma, mentre prendevano il tè.

«Fa' vedere la cicatrice», chiese Denis.

Florent gli mise sotto il naso la mano aperta, orgoglioso del segno della scure ancora visibile sul palmo.

«Ti ha fatto molto male?»

«Non così tanto. Dicono che il freddo renda insensibili.»

«Ma se non ti trovava nessuno, saresti morto?»

Florent si era già posto quella domanda cento volte, senza essere sicuro della risposta. Ricordava di essersi sentito stordito, intorpidito, sopraffatto da uno strano sonno. Avrebbe avuto la forza di rialzarsi e riprendere il cammino?

«Morto? Direi di sì...»

Sua madre sarebbe impazzita, glielo aveva detto lei stessa, dopo. Perciò Grégoire li aveva salvati tutti e due quella sera. Era un'idea rincuorante. Lo ripagava del sacrificio fatto rinunciando alla possibilità di vederlo all'uscita di scuola. L'aveva deciso per punirsi di essersi augurato un evento eccezionale, di cui la povera Fanélie aveva fatto le spese.

«E tuo padre l'hai rivisto?»

«Me ne frego di mio padre», rispose lentamente Florent.

Sembrava duro da dire, e non era nemmeno completamente vero, tuttavia era ciò che avrebbe voluto con tutte le sue forze.

«Se è per beccarmi le sberle, tante grazie!»

Poteva rifugiarsi dietro quella frase ironica e tacere la vera sofferenza provocata dall'atteggiamento indifferente di Xavier.

«Parlami ancora dei cani», reclamò Denis. «Quanto sono grossi?»

Anche lui sognava un animale domestico, ma doveva scontrarsi con il rifiuto dei genitori. Florent indicò l'altezza del tavolo su cui era disposto quel che restava della merenda.

«Potrebbero mettere la testa quassù senza problemi.»

Lo sguardo sbalordito di Denis costituiva una sorta

di promessa. Nelle settimane a venire, Fadeto e Glàri sarebbero diventati uno dei principali argomenti di conversazione a scuola.

«Bambini?» chiamò Louise dal soggiorno.

Doveva essere l'ora di tornare a casa, e Florent non si fece pregare. Salutando la mamma di Denis, diede un'occhiata al piccolo presepe disposto sul ripiano di un calorifero. Paragonato a quello di Grégoire sembrava essere stato fatto in fretta, senza nessuna attenzione ai dettagli. Una manciata di statuine sistemate a casaccio se ne stavano accanto a un portacenere che nessuno si era degnato di spostare. Florent ripensò al piacere provato a *Lou Roucas* nel maneggiare come voleva le innumerevoli figure. Per fortuna aveva scattato alcune foto con la macchina digitale di Grégoire. La prossima volta che l'avesse visto gli avrebbe chiesto di stampargliene una copia per mostrare a Denis cosa fosse un vero presepe. Peccato che non avesse idea di quando sarebbe stata questa prossima volta. «Gli amici si vedono quando ne hanno voglia», aveva promesso Grégoire. Forse, ma Florent non poteva decidere per conto suo: era solo un ragazzino.

Domenica 4 gennaio

NONOSTANTE un bel sole invernale era tornato il freddo, accompagnato da un mistral che soffiava forte. Finita la colazione, Florent aveva chiesto il permesso di fare un giro in bici e Louise aveva ceduto, a patto che si coprisse bene e non si allontanasse troppo da casa. Ogni tanto lo vedeva passare davanti alle finestre pedalando come un matto, probabilmente lanciato all'inseguimento di un nemico immaginario.

«Bambino intelligente ma sognatore.» Era il commento che le maestre formulavano spesso sulle sue pagelle. Florent aveva frequentato troppo le quinte dei teatri o guardato troppa televisione? Come molti figli unici, si inventava spesso e volentieri compagni di gioco, storie straordinarie. Nulla di preoccupante in sé; tuttavia Louise avrebbe preferito che il figlio non vivesse tutto l'anno tra due donne.

La suoneria del telefono la strappò bruscamente ai suoi pensieri. Allungò la mano, esitò un secondo, poi alzò la cornetta.

«Louise? Buongiorno, sono Marc.»

Sollevata, scambiò con lui alcune banalità, nell'attesa che arrivasse al motivo vero della sua chiamata.

«Mi chiedevo se fosse libera una di queste sere, per cena.»

«Oh... Diciamo che è un po' difficile al momento. Con Fanélie infortunata non ho nessuno che mi guardi Florent...»

«Facciamo un'altra volta, allora?»

«No, mi piacerebbe molto che venisse a cena da noi. Non cucino bene come lei, ma ci sono un paio di specialità che nelle sere buone mi riescono bene!»

«Verrò con molto piacere, con o senza grande chef!» affermò con voce calorosa.

«Venerdì le andrebbe bene?»

«Benissimo.»

«Allora chiederò a Grégoire se vuole unirsi a noi.»

Proprio come Louise si aspettava, vi fu dapprima un silenzio, poi Marc sospirò: «Grégoire? Sì, certo...»

«È stato così gentile con noi! Florent stravede per lui. Allora siamo d'accordo, sono contenta di averla tra noi.»

Facendo buon viso a cattiva sorte, Marc riuscì a pronunciare ancora qualche frase gentile, ma si sentiva che era deluso. Nel riagganciare, Louise fu colta da un dubbio. Aveva fatto bene? Sapeva di piacere a Marc, aveva previsto la sua telefonata, eppure aveva finito per improvvisare, e non era certa di aver avuto una buona idea.

La pendola segnava mezzogiorno, l'ora in cui iniziavano le visite in ospedale. Era tempo di dividere la ciambella dei Re con Fanélie, che di sicuro stava maledicendo i menu spartani riservati ai degenti!

Fece rientrare Florent e, mentre lui si lavava le mani, telefonò a Grégoire per metterlo al corrente della cena di venerdì. Laconico come sempre, accettò a monosillabi. Ma prima di riagganciare le propose anche lui il rituale del dolce, se lei e Florent avevano un attimino nel pomeriggio.

«Passeremo a *Lou Roucas* di ritorno da Arles», gli promise.

Fanélie sonnecchiava semisdraiata sul letto, con il braccio ingessato appoggiato al cuscino. La prospettiva di essere impacciata in tutti i gesti quotidiani per quattro settimane la costernava. Vestirsi, lavarsi, cucinare o fare la spesa: tutto sarebbe stato un problema. Peggio ancora, invece di essere utile a Louise la metteva in difficoltà, costringendola ad affidare Florent a chissà chi. Per fortuna c'era Grégoire Fabre! Potendolo, quell'uomo avrebbe appianato qualunque problema, e se avesse avuto solo un briciolo di buonsenso ne avrebbe anche approfittato per rendersi indispensabile.

E forse Louise finirà per guardarlo con gentilezza. Lui lo desidera tanto, poverino...

Alla sua età, Fanélie si faceva presto un'opinione sulla gente, e si sbagliava di rado. Quell'uomo era tutto d'un pezzo: leale, solido, molto più interessante del suo amico dottore, che invece aveva proprio l'aria del donnaiolo.

Dio preservi Louise dal finire di nuovo tra le braccia di una banderuola come Xavier, pensava l'anziana donna. Il dottorino è dello stesso stampo: oggi ti amo, domani amo un'altra. Louise non deve fidarsi del proprio giudizio, altrimenti rifarà sempre gli stessi errori.

Fanélie sospirò, poi guardò senza vederle le sagome che si agitavano sullo schermo del televisore, a cui aveva tolto l'audio. Sentiva un fastidioso prurito sotto il gesso, e rimpianse di non avere a portata di mano un ferro da maglia per grattarsi.

Come ci si annoia all'ospedale, quando non si è davvero malati!

Con la mano buona prese un cioccolatino dalla scatola che le aveva regalato Stéphane. Un altro bel tipo, quello là, gentile e beneducato, piacevole da guardare, ma il cui atteggiamento amichevole nei confronti di Louise non era minimamente ambiguo. Non era innamorato di lei, e forse non lo sarebbe mai stato di nessuna donna, Fanélie si era fatta la sua idea a riguardo.

Dondolando la testa, si lasciò sopraffare da un piacevole torpore. Ma sì, un mese sarebbe passato in fretta e a primavera quel dannato gesso sarebbe diventato solo un brutto ricordo.

Certo che però potresti guardare dove metti i piedi, vecchia mia!

Era inciampata sul pianerottolo del primo piano, per via di uno di quei soldatini di plastica, Joe qualcosa, che Florent seminava ovunque. Sentendo di schiacciare un oggetto sotto la pantofola si era ingarbugliata i piedi e aveva perso l'equilibrio, ruzzolando giù per le scale, con le mani avanti per attutire la caduta. Ovviamente non aveva fiatato. Florent sarebbe rimasto malissimo se avesse saputo che era caduta per colpa sua. Aveva già abbastanza pensieri, povero! Tra la fuga nella neve per trovarsi da solo l'albero che gli negavano, la tremenda visita del padre che l'aveva fatto correre per strada facendogli venire la bronchite, l'interruzione di corrente e infine l'incidente sulle scale, aveva già passato delle brutte vacanze.

Proprio mentre stava per addormentarsi sentì bussare e si raddrizzò, tutta allegra. La testolina bionda di Florent era appena apparsa alla porta, seguita da Louise, che teneva in mano una ciambella ai frutti canditi.

«Entrate, entrate, che gentili!» esclamò Fanélie con un sospiro di piacere.

«Sì, sì, te lo giuro: trovo stimolante sapere che sei sempre in corsa e che la bella non ha ancora fatto la sua scelta...»

Grégoire represse un sorriso, intuendo la stizza che Marc cercava di dissimulare sotto il tono ironico. Tenendo il telefono tra il collo e la spalla, finì di riempire la grossa ciotola d'acqua destinata ai cani.

«Cosa conti di portarle, venerdì?» riprese Marc. «Io mi prenoto per i fiori, l'ho detto per primo.»

«Be', mi resta il vino, o degli ottimi caprini che mi hanno regalato stamattina e che per la fine della settimana saranno perfetti. È più prosaico, certo, ma immagino ti stia bene...»

Venire a sapere che l'invito di Marc per una cena a due in un buon ristorante era stato educatamente rifiutato, poi trasformato in serata a tre – se non a quattro, con Florent – non poteva che rallegrarlo. Senza illudersi, si rendeva ben conto che Louise era più o meno inchiodata a casa per il momento, tuttavia lo divertiva la delusione di Marc, troppo abituato a un successo rapido con le donne.

«Coraggio, vecchio mio, senza rancore. Ci si vede venerdì», concluse. «A meno che non passi a pranzo da te in settimana.»

«Quando vuoi, Greg, lo sai.»

La voce di Marc, d'un tratto più amichevole, per poco non gli fece rimpiangere di non avergli detto della visita che aspettava nel pomeriggio. Ma quella piccola felicità era sua, e non aveva nessuna intenzione di condividerla, intuendo che non ce ne sarebbero state altre.

Verso le quattro, quando sentì la Polo di Louise fermarsi davanti al *mas*, andò a spalancare la porta, malgrado il freddo pungente.

«Non mi dica che si rimetterà a nevicare!» esclamò lei entrando.

Sorrideva, le guance e la punta del naso erano rossi, assolutamente irresistibile nel suo giaccone con il collo sollevato.

«Perché non accende il riscaldamento in auto?» le suggerì Grégoire, prima di baciare Florent.

«È da un pezzo che non funziona più.»

«Più tardi gli do un'occhiata.»

Louise scoppiò a ridere, scosse la testa facendo volare la coda di cavallo, poi richiuse la porta.

«Lei è la mia salvezza, Grégoire, ma non si preoccupi: ho un appuntamento con il suo amico garagista per una revisione completa, glielo segnalerò. Ah, che buon profumino che c'è qua dentro!»

«È la brioche... voglio dire, la ciambella. L'ho messa a raffreddare.»

Posando la mano sulla spalla di Florent, Grégoire lo guidò verso il presepe.

«Prima di tutto, hai qualcosa di importante da fare, o mi sbaglio?»

Incuriosito, il ragazzino alzò verso di lui gli occhioni scuri e ricevette il suo sguardo fiducioso come un regalo.

«Gaspare, Melchiorre e Baldassarre aspettano che li metti al loro posto. È il tuo paesaggio, sta a te sistemarli dove vuoi...»

Indicò una scatoletta di cartone, che Florent aprì con cautela. Le tre statuine erano magnifiche: il primo re era inginocchiato e teneva in mano uno scrigno aperto, il secondo portava una corona di gioielli e il terzo aveva il turbante ed era avvolto in un lungo mantello, che sembrava volare al vento.

Louise si era avvicinata per osservare il figlio che, delicatamente e con tutta calma, disponeva i Re Magi vicino alla stalla.

«Perfetto!» approvò Grégoire. «Bene. Adesso penso che possiamo passare al dolce.»

Presero posto attorno al grande tavolo rotondo, rimasto accanto al camino dal cenone di San Silvestro.

«È riuscita a farsi riparare il vetro?» s'informò Grégoire.

«Sì, per fortuna! Ma neanche si immagina che fretta ho che arrivi la primavera... L'idea che si rimetta a fare tutto quel freddo mi deprime.»

Eppure, Louise sembrava tutt'altro che depressa. Da quando era arrivata non aveva fatto altro che sfoggiare un incantevole sorriso. Fin troppo incantevole. Non è che aveva qualcosa di spiacevole da annunciargli? Se riguardava Marc, poteva fare quello che voleva ed evitare di chiedere il suo permesso! Contrariato, Grégoire andò a prendere la ciambella e il vassoio del tè, ma nel tornare sorprese la fine di una frase sussurrata da Florent con tono da cospiratore: «... e credi che non dobbiamo dirglielo?»

Constatando che Grégoire aveva sentito, Louise guardò altrove, con aria avvilita.

«Dire cosa?» non poté fare a meno di chiedere lui.

«Che abbiamo già cercato la sorpresa con Fanélie all'ospedale», rispose spontaneamente il ragazzino.

«Oh, mi dispiace, non dovevate sentirvi obbligati a rifarlo!»

Un po' offeso, esitava ancora ad appoggiare il vassoio, ma Florent balbettò: «Io adoro la ciambella, e poi prima non ho trovato niente, allora ho diritto a una seconda possibilità...»

Il suo imbarazzo era così tenero che Grégoire gli allungò il coltello.

«Certo, ometto. Tieni, ti lascio fare le porzioni, ma non barare!»

Allora perché Louise era venuta? Per far piacere a suo figlio o per riempire la fine della giornata? Non gli sembrava priva di impegni fino a quel punto.

Che aria stupida devo avere, con le mie tazzine di porcellana e tutti questi salamelecchi! Che diavolo mi succede?

Furioso con se stesso, fissò lo sguardo su Florent, che tagliava con cura il dolce. Il bambino non c'entrava niente: lei sembrava felice di essere lì, e i cani si erano appena infilati sotto il tavolo per sdraiarsi ai suoi piedi, sperando in qualche carezza.

«Ti va di insegnarmi il provenzale?» gli chiese a un tratto il ragazzino.

La richiesta era così sorprendente che Grégoire ci mise alcuni istanti a capirne il motivo. Poi acconsentì sorridendo, e il malumore scomparve.

«*Lou vos*. D'accordo.»

Voltandosi verso Louise per ottenere la sua approvazione, si accorse che lei lo stava osservando, con la fronte aggrottata e un'espressione molto enigmatica.

«Nessuna obiezione?» azzardò lui.

Louise scosse la testa – un tic che madre e figlio condividevano – prima di decidersi a ricambiare il sorriso. Lui rimase di stucco, tanto era bella quando le si illuminava il viso.

Verso l'una di notte il soggiorno ritrovò infine il suo aspetto abituale. Il comò era di nuovo al suo posto, vicino alla finestra, e le decorazioni di Natale sistemate nello scatolone. Dopo aver trascinato fuori l'abete, Louise aveva spazzato via con cura gli aghi, dando la caccia a quelli che si nascondevano tra le mattonelle. Nelle settimane a venire ne avrebbe trovati ancora in giro per casa, ne era sicura. Per finire, fece la polvere ai mobili. Fanélie le mancava: bere una tisana chiacchierando sarebbe stato rincuorante.

Spense le luci poi andò in cucina, dove mise a scaldare l'acqua. Sulla panca, la cartella rigonfia di Florent sembrava un carniere troppo pieno, ma aveva fatto l'inventario e a suo dire era tutto indispensabile per il ritorno a scuola dell'indomani.

Seduta davanti al suo infuso, Louise rimase a lungo con lo sguardo perso nel vuoto e il mento appoggiato alla mano. Cosa le riservava l'anno nuovo?

«Sta a me deciderlo», articolò con fermezza.

Da quanto tempo si accontentava di subire gli eventi? La partenza di Xavier l'aveva costretta a badare alle cose urgenti, ma senza una reale volontà di prendere in mano il proprio destino. Forse perché all'inizio aveva pensato che sarebbe tornato, poi perché la quotidianità aveva rosicchiato tutte le sue energie. Ma adesso era libera, avrebbe potuto agire con risolutezza, e anche stravolgere completamente la sua vita, se lo voleva. Il divorzio non sarebbe stato un'ulteriore ferita, ma al contrario una guarigione. D'altronde, la loro ultima lite – sordida e ridicola – le aveva permesso di aprire gli occhi, di guardarsi attorno. E cosa aveva visto? Che poteva piacerle un altro uomo.

Sì, mi piace...

Strana rivelazione! Nessun segno premonitore l'aveva avvertita di quell'attrazione, credeva di essere ancora nella fase di incertezza, e invece era già conquistata.

Certo che sono proprio un'oca: organizzare cenette a tre non è proprio quel che si dice un'ideona.

Il tête-à- tête l'aveva spaventata, tutto qua. Evidentemente non aveva una grande esperienza in fatto di seduzione, essendosi sposata a ventidue anni e non avendo mai tradito Xavier. Quanto alle rare avventure di quando era all'accademia, quasi neanche se le ricordava più.

Comunque sia, ora sarà convinto che non sono interessata a lui e non ci proverà nemmeno.

Si alzò e andò a versarsi un'altra tazza, che decise di portare con sé in camera. Due ore prima era scesa in fretta dal letto, a un tratto ansiosa di fare le pulizie in piena notte per sfuggire ai pensieri che l'assalivano. Pensieri angoscianti ma incantevoli, di quelli che fanno battere il cuore troppo veloce. Sì, si era proprio innamorata, e desiderava persino quell'uomo. Già, tanto valeva ammetterlo: aveva voglia di essere tra le sue braccia, di scoprire la sua pelle, di sentire le sue mani su di lei. E quella tentazione inaspettata, quasi improbabile, aveva qualcosa di follemente allegro. Perché, tra il buonsenso di Fanélie – «Dovresti uscire, vedere gente...» – e le sinistre domande di Stéphane della vigilia di Natale – «Perché sei sola, perché ti seppellisci qui? Aspetti che tuo figlio cresca e se ne vada?» – Louise aveva finito per ripromettersi, sia pure a malincuore, di andare alla ricerca di un partner. Come se bastasse cercare l'amore per trovarlo!

Se ne stava sprofondata nei cuscini con il piumone tirato fino al collo, e si scoprì a sorridere beata. La sensazione di tornare a vivere era così forte, così esaltante, che non sarebbe mai riuscita ad addormentarsi. Quando si era resa conto del cambiamento che avveniva in lei? E come era possibile passare tanto in fretta dall'indifferenza all'emozione?

Ciò di cui aveva bisogno, al momento, era un piano d'attacco, una qualsiasi strategia per invertire i ruoli, e soprattutto non aspettare quella maledetta cena che l'avrebbe vista incastrata fra Marc e Grégoire, con Florent come spettatore.

Forza, un po' di coraggio, non costa niente provarci.

Sarebbe stata comunque una novità assoluta: non si era mai lanciata alla conquista di nessuno, lei. A un tratto di nuovo angosciata, Louise si rialzò a sedere, prese la tazza appoggiata al comodino e mandò giù una sorsata di tisana tiepida. La notte minacciava di essere lunga.

Lunedì 5 gennaio

DAVANTI ai cancelli della scuola regnava un'agitazione indescrivibile. Tutti i bambini si raccontavano le loro vacanze, elencavano i regali di Natale ricevuti, si lanciavano in racconti epici sull'interruzione di corrente che avevano vissuto come un'avventura.

Louise controllò un'ultima volta i suoi orari con la madre di Denis Rémusat.

«Oggi posso venire a prenderlo, ma domani e mercoledì lo affido a lei. Grazie ancora, davvero...»

Senza l'aiuto di quella donna avrebbe fatto proprio fatica a trovare una soluzione, quantomeno una che le andasse bene. Le strinse la mano con riconoscenza, poi cercò Florent con lo sguardo. Nello stesso istante suonò la campanella, mentre le maestre iniziavano a raggruppare le classi.

«A stasera, mamy!»

Era stato lui a trovarla nella ressa e a elemosinare, in punta di piedi, un ultimo bacio.

«Mi raccomando, studia, tesoro mio», mormorò stringendolo.

In un futuro prossimo si sarebbe sentito troppo grande per quel genere di manifestazioni di tenerezza in pubblico. Prima di allontanarsi Louise lo guardò raggiungere la sua fila, piegato sotto il peso della cartella. Alle otto e mezzo faceva ancora buio, e sempre freddo. Gennaio era decisamente un mese odioso, interminabile.

Si fermò a una drogheria appena fuori Mouriès per comprare un po' di provviste, poi decise che era giunto il momento di mettere in pratica quello che progettava dalla sera prima. Non era riuscita ad addormentarsi prima delle due, con una moltitudine di domande che le giravano in testa, soppesando i pro e i contro. Ma una volta presa la sua decisione, era riuscita infine a prendere sonno.

Mentre scendeva dall'auto fu colta da una specie di ansia, simile a quella che provava dietro le quinte appena prima di entrare in scena. Contemplò la facciata di *Lou Roucas* facendo un lungo respiro, poi si diresse con risolutezza verso la scalinata. Forse avrebbe commesso un errore, ma in quel caso l'avrebbe fatto fino in fondo, in modo da vederci chiaro.

«Louise? Buongiorno... Ha qualche problema?»

Grégoire era sempre lo stesso: portava un maglione nero con il collo alto e i jeans, non si era ancora rasato e non pareva molto loquace.

«Nessun problema, no. La disturbo?»

«Assolutamente no.»

«Be', ecco, volevo... un caffè.»

«Un caffè?» ripeté lui, scrutandola. «Ma certo. Andiamo in cucina.»

Lei lo seguì, molto a disagio, senza sapere ancora come gli avrebbe presentato la situazione.

«Lo beve senza zucchero, mi pare?»

Aveva appena posato un'altra tazza sul tavolo. Probabilmente non avrebbe cercato di conoscere il motivo della sua visita fintanto che lei non glielo avesse esposto. Tuttavia, il silenzio non sarebbe potuto durare in eterno, e lei non era andata lì per parlare del più e del meno.

«Sì, insomma, Grégoire...» cominciò nervosa. «Ah, non è facile da spiegare!»

«Provi a cominciare dall'inizio, spesso è più semplice.»

Lui pazientava, attento, ma non si degnava di sorridere. Dominando l'apprensione, Louise si lanciò.

«Non la conosco da molto, né lei né Marc.»

«Quindici giorni. È di Marc che mi vuole parlare?»

«Marc?»

«Lei è grande, Louise, ha il diritto di fare quel che vuole, la cosa non mi riguarda.»

Lei lo squadrò, sbalordita. A quanto pare sarebbe stato ancora più arduo di quanto si era immaginata.

«Lasciamo da parte Marc, per il momento», sospirò. «Abbiamo cominciato con il piede sbagliato, lei e io.»

«Quando? Stamattina? Mi dispiace, non dovrei interromperla, continui.»

«Grazie.»

Per farsi coraggio, Louise bevve due sorsate di caffè.

«Cominciato male dal primo giorno in cui ci siamo incontrati. L'ho accusata di interessarsi troppo a mio figlio, è stato molto offensivo. E anche molto ingiusto, ma ancora non lo sapevo. Lei era uno sconosciuto per me.»

Fece una pausa, sperando che lui la incitasse a proseguire, ma Grégoire taceva, come previsto.

«Grégoire?»

«Devo rispondere? Be'... Un proverbio provenzale sostiene che non si conosce una persona finché non si ha condiviso con lei un sacco di farina. Vale a dire, spezzato insieme il pane per un anno. Lei aveva quindi tutti i motivi per non fidarsi, è il suo ruolo di madre. Ma io l'ho presa malissimo, ovviamente, nessuno mi aveva mai sbattuto in faccia un'accusa tanto mostruosa. Adoro i bambini, mi creda, mia figlia mi manca ogni giorno. Non lo auguro a nessuno... E dunque, sentirmi trattato quasi da pedofilo non solo è stato ripugnante per me, ma anche molto doloroso.»

Con la punta del dito spingeva una briciola sul tavolo. Nel vedere il suo volto chiuso, Louise fu invasa da un'immensa compassione. Se aveva l'aria da orso, era un orso gentile, solitario e triste.

«Nonostante tutto», riprese, «lei mi ha aiutata ogni volta che ne avevo bisogno. Vale a dire molto spesso!»

Grégoire sollevò bruscamente la testa per squadrarla.

«Non avrà fatto tutta questa strada per venire a ringraziarmi, spero? Perché ne faccio volentieri a meno!»

«Non si arrabbi... Il problema è che non sono molto brava a fare i complimenti.»

«Sì, l'avevo notato.»

«Oh, per la miseria, mi lasci finire!» esplose Louise. «Altrimenti non ci arriverò mai. Dicevo, lei mi è venuto in aiuto non so quante volte ormai, forse perché mi trova carina oppure...»

«Oppure perché sono servizievole per natura?» scherzò lui, cinico. «Stia tranquilla, l'avrei fatto per qualsiasi vicina, fosse stata anche la fata Carabosse o persino Taven, la strega di Val d'Enfer!»

Riprese fiato poi, guardandola dritto negli occhi, concluse: «Ma bisognerebbe essere ciechi per non trovarla molto carina».

Ecco finalmente l'occasione: Louise non doveva far altro che coglierla.

«E va bene», riprese con voce strozzata. «A questo proposito, volevo dirle che la cosa, diciamo, non mi lascia... indifferente. Ormai mi tocca finire di confessarlo, perché siamo in un vicolo cieco. Si è messo in testa che a interessarmi è Marc, e invece no. È lei.»

Grégoire continuava a fissarla, ma con un'espressione così incredula che Louise ebbe paura di essersi spinta troppo oltre, di aver sbagliato approccio. Quel silenzio si prolungò, si radicò, mettendola in croce. Dopo un po', lui si alzò e si diresse verso la caffettiera, ma interruppe il gesto. Poi si passò una mano nei capelli, con il risultato di scompigliarseli ulteriormente.

«Louise.»

Non era una domanda né l'inizio di una frase. Solo un nome, pronunciato a voce bassissima. Tornò verso di lei, si fermò. In piedi accanto alla panca, sembrava così alto che Louise fece per alzarsi, ma lui glielo impedì mettendole un braccio attorno alle spalle e tirandola a sé. Lo sentì respirare troppo in fretta, sentì sotto la guancia la lana ruvida del maglione. Perché aveva creduto che avrebbe cercato di baciarla?

«Questo mi dà il diritto di invitarla fuori, di farle la corte, come si diceva una volta?»

«Immagino di sì.»

Grégoire si abbassò, si inginocchiò davanti a lei per essere alla sua altezza.

«C'è Florent», disse lui lentamente, guardandola con tenerezza.

«Credo che le voglia bene.»

«Infatti. Potrebbe viverla come un tradimento. Da parte sua, da parte mia...»

«Ha bisogno del suo consenso?»

«Del suo parere. Vorrei spiegarglielo io stesso.»

Nulla avrebbe potuto toccarla di più. Tese la mano verso di lui e gli sfiorò la guancia con la punta delle dita, facendolo sussultare.

«Non mi tenti», disse Grégoire con un sorriso irresistibile.

Louise si ricordò bruscamente di lui, nudo sotto la doccia, e provò una ventata inattesa di desiderio. Da quanto tempo non aveva avuto così tanta voglia di un uomo? Ma lui non era come gli altri, non avrebbe affrettato le cose.

«Devo andare a prendere Fanélie all'ospedale», riuscì a dire.

«Adesso?»

Nell'alzarsi, Grégoire sembrava insieme deluso e divertito. La accompagnò in silenzio fino alla porta e, solo una volta arrivati, la prese tra le braccia.

«Posso baciarla?»

Senza aspettare la risposta, le posò una mano sulla nuca e l'altra nell'incavo delle reni, e con la bocca le sfiorò le labbra con una dolcezza sorprendente.

«Posso anche darti del tu?» sussurrò. «Allora stai attenta alla strada, nevicherà prima di mezzogiorno.»

Louise, disorientata, fece un passo indietro e lo

squadrò. Avrebbe adorato il suo sguardo. Anzi, lo adorava già.

«Florent esce di scuola alle quattro e mezzo. Vada... vai a parlargli, se vuoi, io me ne starò in disparte.»

Grégoire annuì, poi le aprì la porta e la seguì fino all'auto. Con le mani nelle tasche dei jeans, aspettò immobile che lei mettesse in moto.

In mezzo ad altri bambini sovreccitati, Florent e Denis fecero come al solito la corsa per arrivare primi al cancello. Là un maestro li intercettò, assicurandosi con lo sguardo che ci fossero le loro madri.

«Va bene, andate.»

Florent stava per dirigersi verso la Polo, parcheggiata un po' più lontano, quando Denis lo trattenne per il braccio.

«Ehi, ma quello là non è il tuo amico?»

«Chi?»

«Quello, il tipo con la 4 x 4.»

Florent, sbalordito, notò la Land Rover parcheggiata in seconda fila, proprio davanti a loro.

«Cavolo», gemette Denis, «alla faccia della macchina... Forte, no?»

Grégoire scese dall'auto e fece un gesto amichevole in direzione di Florent. Quasi nello stesso istante arrivò Louise, un po' ansimante.

«Com'è andata, ragazzi?» disse con un sorriso contratto.

Denis si allontanò a malincuore verso sua madre, continuando a voltarsi.

«Tesoro, Grégoire vorrebbe parlarti cinque minuti. Ti va?»

«Sì, ma cos'è successo?»

«Niente di grave, non ti preoccupare. Ascolta, se a te sta bene, ti porta a casa lui, e io vi seguo.»

Il suo tono falsamente disinvolto allarmò sul serio Florent.

«Salgo con lui?» chiese, non sicurissimo di aver capito bene.

«Esatto. A tra poco, amore.»

Louise fece dietrofront così in fretta che si storse una caviglia e si allontanò zoppicando leggermente. Florent la seguì con gli occhi prima di riportare l'attenzione su Grégoire, sempre immobile accanto alla 4 x 4. Poi lo raggiunse con passo esitante.

«Ciao...»

«Ciao, ometto.»

Si sedettero insieme, allacciarono la cintura, ma Grégoire non mise subito in moto.

«Interessante la scuola?»

«In storia studiamo i Merovingi», rispose prudentemente Florent.

«Clodoveo?»

«Mhm...»

Sul marciapiede, alcune mamme chiacchieravano ancora e due bambini agitarono la mano in direzione di Florent.

«Andiamo», decise Grégoire.

Nello specchietto laterale, Florent vide che anche la mamma partiva. Come previsto, li avrebbe seguiti. Quell'uscita da scuola era davvero inaspettata, e forse annunciava una catastrofe imminente.

«Volevo farti una domanda, ometto. In che modo diresti che una ragazza ti piace?»

«Una ragazza? Ma quest'anno non c'è nessuna ragazza che...»

Si morse le labbra e tacque. Non era ancora abbastanza a suo agio con Grégoire per parlargli di Sandrine, una biondina di nove anni che l'aveva fatto sognare parecchio qualche mese prima, ma che si era trasferita.

«È solo per imparare come si dice nel tuo linguaggio 'piacere', o 'affascinare', o...»

«Ingrifare.»

«Ingrifare? Ma che razza di parola è?»

«È un verbo, lo puoi coniugare», affermò Florent.

«Oh, capisco. Allora, ecco: quello che volevo dirti è che tua madre m'ingrifa.»

Sbalordito, Florent aprì la bocca senza riuscire ad articolare una sola parola.

«E mi sembrava importante che tu fossi il primo a saperlo», aggiunse Grégoire con aria solenne.

«E gliel'hai detto a lei?»

«Più o meno.»

«E non t'ha cacciato?»

«Non ancora. A quanto pare con le donne non si è mai sicuri di niente.»

«Ma tu credi che funzionerà?»

A un tratto, Florent si sentì su di giri: avrebbe voluto fargli mille domande tutte in una volta.

«Non capisco. Io credevo davvero che tu e lei non... insomma, soprattutto lei! Anche se in fondo recitare è il suo mestiere... Sai, io tifo per te fin dall'inizio. Mi piaci, solo mi dicevo che non vi sareste mai messi insieme, ed era un peccato, perché avreste fatto una bella coppia, come nei film di...»

«Calma, calma!»

Con lo sguardo sempre fisso sulla strada, Grégoire arruffò teneramente i capelli del ragazzino. Poi imboccò il sentiero che portava alla casa dalle persiane blu, e posteggiò davanti al capanno.

«Sono contento che la prendi bene, Flo. Tua madre non accetterebbe mai qualcosa che potesse farti soffrire. Sei suo figlio: la cosa più preziosa che ha, lo sai. Con tutti gli scombussolamenti che hai avuto negli ultimi tempi, come la partenza di tuo padre, credo sia saggio essere prudenti, pazienti. Faremo le cose con calma.»

Sentirono la Polo arrivare e poi frenare dietro di loro.

«Se non mi rifiuti», concluse Grégoire a voce bassissima, «è già un bel regalo che mi fai.»

«Un regalo?»

Florent scoppiò a ridere, incredibilmente allegro, convinto che fosse appena avvenuto un miracolo, perché stava vivendo la favola che lui stesso aveva inventato.

«Il regalo di Natale sei tu, Grégoire!»

Saltò giù dalla macchina e corse verso la mamma, con la cartella che gli sussultava sulle spalle.

Collana «Parole»

17. Giovanni Arduino, *Il tempo di sognare*
18. Jonathan Snow, *La stella degli angeli*
20. Sergio Bambarén, *Il delfino*
22. Jonathan Snow, *Il piccolo angelo e il grande mago*
30. Sergio Bambarén, *L'onda perfetta*
34. Sergio Bambarén, *Vela bianca*
35. Jonathan Snow, *Un regalo dal cuore*
36. Neale Donald Walsh, *La Piccola Anima e il Sole*
37. Billy Mills e Nicholas Sparks, *Il bambino che imparò a colorare il buio*
39. Sergio Bambarén, *Serena*
40. Anna Cerasoli, *I magnifici dieci*
41. Peter O'Connor, *Ali sull'oceano*
42. Sergio Bambarén, *Il guardiano del faro*
44. Sergio Bambarén, *Stella*
45. Phyllis Theroux, *La magia della neve*
46. Sergio Bambarén, *Il vento dell'oceano*
47. Jonathan Snow, *L'uomo che incontrò il mare*
48. Witi Ihimaera, *La balena e la bambina*
49. Anna Cerasoli, *La sorpresa dei numeri*
50. Sergio Bambarén, *Il sole e la cometa*
51. M. Scott Peck, *L'incanto di un fiocco di neve*
52. Sergio Bambarén, *Blu*
53. Daniele Grespan, *Suerte*
54. Ronit Galapo, *La promessa dei venti*
55. Sergio Bambarén, *Notte di luce*
56. Donna VanLiere, *Una sorpresa sotto l'albero*
57. Peter O'Connor, *Il primo raggio di sole*
58. Janis Frawley-Holler, *L'isola della felicità*
59. Sergio Bambarén, *La rosa di Gerico*
60. Sergio Bambarén, *Il delfino* (ed. Deluxe)
61. Christopher Moore, *Tutta colpa dell'angelo*
62. John Penberthy, *Dolce come il miele*
63. Gabrielle Zevin, *Benvenuti ad Altrove*
64. Sergio Bambarén, *Fratello mare*
65. Anna Cerasoli, *Mr Quadrato*
66. John Grogan, *Io & Marley*
67. Matthieu Ricard, *La Cittadella delle nevi*
68. Jonathan Snow, *Il bambino che amava l'oceano*
69. Abigail Thomas, *Sempre con me*
70. Nicoletta Bortolotti, *Il filo di Cloe*
71. Ginny Rorby, *Dove volano i delfini*
72. Sergio Bambarén, *La musica del silenzio*
73. Ferran Ramon-Cortés, *Diario di bordo*
74. John Grogan, *Marley - un cane unico al mondo*
75. Françoise Bourdin, *Un dono inaspettato*

Finito di stampare nell'ottobre 2007
presso la Mondadori Printing S.p.A.
Stabilimento N.S.M. di Cles (TN)
Printed in Italy